Du même auteur :

- MARIE

- LA LUMIÈRE

- LA RAISON DU POUVOIR

- LES BONNES NOUVELLES

- NON, MAIS ATTENDS LA LUMIÈRE

- LE JEU DE GUILLEN

- UN SANS FAUTE

- MAIS QUI EST-IL ?

- MES SAGES

© 2022, Richard Amalric.

Email : richard.amalric@gmail.com Site : https://richard-amalric.fr/

Édition : BoD – Books on Demand, info@bod.fr

Impression : BoD – Books on Demand,

In de Tarpen 42, Norderstedt (Allemagne)

Impression à la demande

ISBN : 978-2-3224-4976-7

Dépôt légal : Septembre 2022

RICHARD AMALRIC

GANDALF LE BLANC

Il est amusant de choisir comme chiffres les 2032020 cela pourrait être le numéro de ce héros ?

En homme de lumière avec sa grande cape, ce chapeau si impressionnant, laisse deviner cette force fusionnante de son esprit, de sa capacité à lire dans tout ce vivant, aussi bien-être humains, animaux et végétation.

Mais qui est-il ?

Depuis la nuit des temps de réincarnations en réincarnations 2032020 a toujours été présent pour soigner, aider, donner, écouter, partager, tous les maux quels qu'ils soient dans le monde entier, et sa présence, son regard, sa manière si simple avec juste un regard certes profond permettent de dévoiler tous les mystères enfouis dans les méandres de notre cerveau, permettent de libérer, dévoiler la noirceur du négatif omniprésent et « J'en ai plein le dos ! »

Cette mise en bouche sera un bon apéro pour toute la suite des évènements…

La ronde des chiffres tourne au maximum telle une centrifugeuse pour faire sortir la pièce déterminante donnant la solution. Le cerveau a sorti, dans ses moindres recoins toutes les possibilités rédemptrices. Cela fait penser, étant au vingt et unième siècle, aux labyrinthes toujours pas découverts et encore moins utilisés qui font balancer leurs possibilités dans le néant !

Même en prenant le temps de faire rebondir notre subconscient juste sous la ligne de la conscience ce serait un atout gagnant pour faire fructifier notre Nous intérieur. Et Là nous nous rapprochons de « Je suis le Maître de mon Corps ! » L'horizon sera ébloui par une lumière venant de notre for intérieur…

2032020 est heureux de donner ! Il va parcourir à pieds avec son grand bâton magique les chemins, les montagnes, il va se fondre dans tous ces espaces qui respirent la Vie, l'harmonie entre la flore et la faune, sentir les odeurs si profondes pouvant révéler le passage de tel ou tel animal, en gros la symbiose ! Il pense…

Espace, énorme, le lieu importe peu, le temps encore moins, le flou est pourtant bien là, et tout se passe, la vie, la mort, l'équilibre a toujours vacillé ; il s'en amuse afin d'agrémenter le quotidien ! la dimension est extraordinaire elle remplit notre chère Gaïa, pas toujours comme il faut, c'est ça notre équilibre !!!

* * *

1

Au détour du chemin en pleine campagne, une clairière inondée de lumière faisant ressortir une herbe toute de vert clair vêtue, un cheval seul, presque heureux de voir une personne, il se met en arrêt, les oreilles toutes droites en forme d'interrogation. Il attend, ne bouge pas, ses yeux grands ouverts il commence sa lecture…

- D'où tu viens ? Je ne te connais pas ? Pourquoi tu es là ?

Pas de réponse, 2032020 s'approche, il est juste sur la clôture, fait son franchissement, regarde, perçoit, identifie, commence son soin, ce cheval est malade, il souffre en silence et il n'a Personne pour l'écouter, le caresser, et encore moins pour le soigner…

- N'aie pas peur, je suis juste là pour t'aider, et je le flatte.

Ses grands doigts tout fins commencent à toucher des points sur sa tête (du cheval !) et découvrent la salive gluante, elle n'est pas normale, il se rapproche de cette dernière et il a un moment de recul devant une odeur purulente !

La magie de ses doigts va travailler, nettoyer, reformuler, la symbiose entre ces deux êtres est parfaite, pas d'opposition, la liberté rentre par la bonne porte.

Le temps est notre allié, 2032020 s'installe à proximité, prépare un feu de bois, sort comme par magie tous les ustensiles nécessaires. Une fois que tout est prêt, il se pose, attend en regardant son nouvel ami, ce dernier a compris, il est rassuré de voir une personne venue à son secours : Gratitude, et tous les jours les soins présents soulagent, réconfortent, l'odeur de sa bouche est nettement meilleure, voire agréable, tout rentre dans l'ordre,2032020 quantifie l'état de ce cheval et lui donne un nom : Volcan, tellement les tourments endurés en amont sortent comme le volcan qui crache sa lave, sa salive, elle devient toute douce son touché est agréable, Volcan est sauvé…

Avec sa main gauche, il prend une poignée de sa longue crinière (le coiffeur a longtemps déserté son peigne…) Et jambe droite par-dessus la croupe, un grand galop libère la crinière au vent, les sabots c'est juste s'ils posent leur pied au sol, la clôture est sous le ventre, les quatre membres bien repliés, le saut est magnifique.

Les kilomètres défilent, le souffle bruyant, l'écume de sa peau blanche, il demande un ralentissement, et Ho Ho, retour au trot, au pas, repos.

La récompense est énorme. Volcan pose sa tête sur l'épaule de son Ami, et comme dans un dialogue de sourds raconte :

- Si tu savais depuis combien de temps j'attendais ta venue, mon maître me laisse là depuis des mois, pas une visite, pas un regard, il ne m'aime pas… Je suis ton serviteur, ton ami et je ferai tout mon possible pour t'aider, t'aimer, ce ne sera que la mort qui nous séparera…

- Je suis là, notre union est magnifique et tu fais de moi l'homme le plus heureux, et ça, je ne l'oublierai jamais !!!

Deux êtres vivants ont conclu un pacte et ce n'est pas du tout anodin, deux ce chiffre placé sous l'influence de la lune, de l'ombre, de sa force produit un véritable mariage une passion, une vie… Regardez le nombre de ce chiffre dans et notre héros puise un degré inébranlable sur son chemin de vie, ceci ne s'arrête pas, il continue son rôle de messager, de donneur de liberté, de bien-être, il donne la pureté des âmes, en retirant le négatif en trop dans ces corps malades souffrant de tous les maux de notre vie, il est là pour ça !

Unicité, profondeur, et encore et toujours la Lumière vient réchauffer notre esprit, les vies à l'intérieur de tout ce qui est vivant TOUT est ici pour nous, invitation mondiale, regardez, voyez, prenez, ouvrez votre vie sur tout ?

Et là, vous ressentirez une chaleur à l'intérieur de vos tripes, de vos organes, tous ces derniers seront avec vous pour vous ouvrir autre chose que vous ne savez pas, vous serez libre de pouvoir partir en délire, et toutes les portes vont s'ouvrir avec le plaisir de respirer, de crier votre bonheur, de vous saouler d'oxygène, de courir à perdre l'haleine…

Regardez Volcan et deux cents trois-deux mille vingt comme ils sont heureux et Libres, je vous souhaite au moins une fois dans votre chemin de croiser cet instant de pur Bonheur, ce jour- là vous aurez une pensée pour moi !

* * *

2

Le monde animal est pur, il vit, la vie lui fait jouer de tous ses atouts, je ne vais pas m'amuser sur un état comparatif ce serait un vrai désastre.

L'homme est considéré comme intelligent, puissant, il Sait ?? Erreur, il est complètement enfermé dans sa bulle, il en oublie de se servir de ses sens et pourtant, Il les a reçus avec un grand plaisir et surtout avec le plaisir d'appuyer ses connaissances, là, c'est la chute, il ne va pas chercher le plus, l'ouverture de son Soi, il se sclérose. Et devient tout petit !

Les sens tombent dans l'oubli, ils voudraient tellement être vus, utilisés, mais que nenni, ils vont mourir avant d'avoir vécu, vous ne pensez pas au déséquilibre, le manque à gagner, et pendant ce temps nos animaux eux se régalent, ils croquent la vie à pleine dent, tous leurs sens sont en action, ils Vivent, et nous voulons les tuer alors que l'harmonie entre leur vie et la nôtre creuse un ravin immense, un gouffre et… Cherchez l'erreur !

Mes origines Amérindiennes sont extraordinaires de sagesse et de culture, toujours enregistrées, garder dans la bonne case appelée mémoire. Elles ont tout simplement élaboré, construit le qui je suis aujourd'hui !

Un jour des grands amis nous proposent de venir dans une soirée Tambour. Et pourquoi pas ? Ce ne sera pas les tambours du quatorze- juillet, mais une soirée spirituelle organisée par ma Magicienne, nous sommes une bonne vingtaine, et la gardienne du Feu nous purifie avec cette plante magique, et encore un autre et, les tambours bien rangés, invitation, prise de choix de notre instrument pour La Soirée, et c'est parti !

Gandalf le Blanc est parti en transe … Il évolue, il est en contact avec Toutes les personnes, il Vole.

Retour à notre vie sur terre, et respiration ventilatoire apaisante, vision extrêmement limpide, et les dialogues fusent de toute part.

Ma Magicienne (c'est comme cela que je l'appelle !) vient vers moi et :

- Mais qui est-tu ?

- Je suis à la découverte de mon ancienne vie !

- Amérindienne ?

- Oui.

Quelques mois après cette soirée inoubliable, je reçois l'invitation pour construire Mon Tambour thérapeutique.

Faire le choix de la Peau, de l'animal qui a donné Sa VIE pour le TAMBOUR, le bois, le cœur de ce bois qui lui s'est Donné, et la réalisation de celui qui est aujourd'hui Mon Tambour, il est le « SOLEIL ».

Il est plus que mon compagnon, IL est présent dans ma vie, et le partage suit tous mes soins collectifs avec un unisson extraordinaire.

Au fur et à mesure de mes voyages, je glane les plumes offertes par tous les oiseaux qui peuplent ma route, mon chemin, et ces dernières viennent en incantations remercier les attributs de Mon Mien !

Voilà encore un atout pour m'aider dans et pour mon chemin de Vie.

Tout se complète, et le simple regard met mes sens en hyper action, quel plaisir de m'en servir, un jour comme si mes pas me dirigeaient vers une forêt et je marche encore et encore, un arbre …

Celui- là je veux en prendre sa puissance, sa grandeur, sa force je me sens tout petit et je le prends avec mes bras pour m'enrichir de son savoir, ce temps, plein de richesse me comble, je reste encore avec lui, j'ai trouvé mon Maître !

Il me dit :

- Petit regarde par terre.

- Pourquoi ?

- Tu ne te souviens de rien ? Et pourtant tu en as reçu des messages, mais sers-t'en !

- Mais vous ne me connaissez pas !

- Ignorant fait moi le plaisir de Vie à fond !

Je me baisse, respire fortement, mes yeux s'ouvrent-ils sont attirés par quelque chose, mes mains bougent, cherchent, et enfin prennent une matière, elle est douce, souple, toute de vert vêtue ; je la porte à mon nez et je sens une odeur suave, légèrement poivrée et je regarde de plus près cette feuille, elle me parle et je la prends avec douceur, elle est dans le creux de ma main et je la remercie de son cadeau … !

- Enfin je suis fier de toi, et maintenant écoute moi bien, ce que tu tiens dans ta main gauche, est très important, elle va te servir pour Soigner une personne, je vois déjà dans tes yeux cette personne qui t'attend, fais vite, dépêche-toi il en va de sa vie !

Je le regarde d'un autre œil, c'est bien un arbre qui me parle, et moi j'ai tout compris de son message, comment ? Je vais vite l'apprendre !

- Merci

Et mes jambes me font courir, j'en perds le souffle, il m'en reste encore, il m'en reste toujours, mes jambes volent et je m'arrête devant le tipi de l'homme médecine, je lui montre mon trésor, ses yeux me fixent et il me donne un sourire de satisfaction, ne me dit rien, me prend par la main et nous sortons, nous marchons vite, je ressens l'importance de cette mission !

Il prend La Feuille, prend un pilon, et commence à broyer, prend un liquide encore invisible et regarde la vieille dame, lui donne de ce mélange, attend, regarde son visage se métamorphoser, une deuxième vie est rentrée en elle, nos nous sont en ébullition, lui l'homme Médecine me regarde et me dit ;

- Écoute-moi bien tu viens de sauver cette personne, tu as trouvé cette feuille unique, tu as dû marcher longtemps et loin, maintenant tu sais, tu fais, ton cerveau est énorme, et tu peux partir pour une longue et riche vie de savoir, je suis fier de toi… Allez va.

Mon premier départ, ma route est ouverte, ma Vie va me porter, m'enseigner et faire ce que je vais devenir…

* * *

3

Alerte la terre tremble, elle a peur, les humains déconnent, leur jeu n'est pas correct, ils s'entretuent avec LE VIRUS...

Les coupables ils sont presque huit milliards et la course sur tous les plus devient infernale, plus de possibilité de revenir en arrière, la machine est bloquée dans la marche en avant, le système économique est comme un cheval Fou, il est incontrôlable, le système social frise la démence, l'humanité est intoxiquée et ne peux pas se passer de cette drogue, trop dangereuse maintenant : est-ce la mort de nos vies qui profile le bout de son nez ?

Coronavirus est fort, il fait comme la gangrène, il s'insinue dans les moindres recoins, le moindre millimètre, il est un puits que la médecine ne peut toucher, comme les quarante- six kilomètres nous séparant entre le noyau et la croûte terrestre, INACCESSIBLE...

Les bons Laboratoires Essayent, celui qui décochera le Bon VACCIN ? Aura gagné, mais en attendant les morts poursuivent le celui qui va gagner !

Les pouvoirs combattent, comme une joute entre les hommes, ils s'entretuent, est-ce la bonne règle du jeu ? NON...

Nous sommes tous égaux devant la mort, deux cents trois-deux mille vingt, reste pantois, comment faire pour les ramener à la raison ?

Il faut vite trouver une solution ? Télépathie avec tous nos guides supérieurs, des milliards d'Âmes s'unissent pour travailler, chercher, ouvrir la porte de la rédemption, pas encore de solution, je le sens il n'y en a pas pour longtemps, les cerveaux bouillonnent, vite une solution, elle est certainement très simple, mais il faut la faire sortir... !

L'eau... quatre-vingt pour cent de notre corps est : EAU

La surface de notre terre est composée de soixante-quinze pour cent de : EAU

La vie intra-utérine pendant la gestation (humanoïde neuf mois) dans : l'EAU....

Quand nous sommes sales que faisons-nous ? On se Lave !

C'est peut-être la bonne solution, dans mes prédictions en deux mille vingt -cinq un bon tsunami pourrait faire l'affaire, oui, mais maintenant il faut absolument maintenir l'Isolement, le moins de contact est une sagesse, comme cette prise de conscience n'est pas intégrée dans le cerveau, elle favorise le développement, dans la mesure où la transmission n'est pas interrompue, le virus se régale il a une porte grande Ouverte !

Le cas contraire est simple : si le Virus n'a plus personne à Toucher, et bien il Meurt…

Cette solution me plaît beaucoup !

Il faut vraiment toucher TOUS les hommes dans le plus profond de leur CERVEAU !

Quel travail énorme ! Unicité, Complicité, Conscience …

TOUT COMMENCE PAR UN DÉBUT…

Le problème c'est encore une fois, le seul mot qui régit tout, depuis la nuit des temps, et ce n'est pas fini ! Les plus grandes forces, les plus grandes nations, les plus grands pouvoirs réagissent à qui mieux mieux sur ce seul mot « ARGENT »

Là, le bât blesse, il faut en gagner de plus en plus au détriment des humains, eux sont le moteur et en admettant la rupture du contrat, plus d'essence à mettre dans le moteur, l'argent va y pourvoir, mais à quelle condition ? Ce seront toujours les mêmes qui vont en subir les conséquences, et les Autres vont remplir leurs poches allègrement… C'est ça l'équilibre ??

Mais la terre nous avons tendance à l'oublier avec toute sa vie, ses habitants, sa flore, il ne manquerait plus que l'accident, la tempête, le feu, l'ouragan, l'eau, la colère des dieux envoyant leurs messages : « Arrêtez »

Regardez où vous en êtes, ayez un peu d'humilité, laissez descendre votre Ego, en multipliant toutes les énergies de vos semblables, unicité est une force énorme, apprenez à vous en servir, le monde n'en sera que meilleur, et vous récolterez le fruit ! Hum qu'il est bon…

Message :

SOYEZ VRAI SIMPLE BATISSEUR CREATEUR

HUMBLE…

* * *

4

Deux cents trois-deux mille vingt, le soir il se met en position de méditation, ce soir- là elle sera profonde tellement ce poids est lourd, il faut absolument trouver une solution libératrice. Il se referme sur tout son for intérieur et commence à partir dans l'autre monde, celui-ci est invisible, mais très fort, il est en communication avec ses guides et ça le soulage de ne pas se sentir seul, son corps est dédoublé, il ne reste plus... Son physique... Sa décorporation est un passage agréable, il se regarde vu d'en haut, et sourit !

Amusant.

Les émissions reçues, les conseils donnés, la force de pensée se développe, il comprend maintenant sa mission, son rôle, son chemin de Vie, en prenant son temps revient sur lui-même, respire profondément, ouvre ses yeux, regarde, son décor est changé, comme si une lumière était allumée, certes pas aveuglante, simplement douce et chaleureuse pour accueillir ce nouveau venu !

Il se lève, ouvre la porte, et sort, une grande bouffée d'oxygène remplit ses poumons, la nuit est douce, présente, elle est bonne, il écarte légèrement ses jambes en V ouvre ses bras en horizontal, relève son menton de quelques centimètres et…

Jouit de ce moment présent, il capte toutes les énergies, elles remplissent entièrement tous ses corps. Il fait le Plein !!!

Retour dans sa pièce, allume un bon petit feu de bois, se frotte les mains à ses côtés, regarde les flammes monter avec toutes leurs couleurs, et leur légèreté, très beau spectacle, et il dure, encore, le temps est vraiment pour Lui, et en profite au maximum.

La nuit est bientôt finie, le jour se lève, Lui aussi, ce sera une grande journée, car avec toutes les missions confiées cette nuit, il a du pain sur la planche et c'est très bien, il aime bouger, donner, recevoir les sourires des personnes croisées, soignées, et libérées. C'est son Rôle !

Tous ses guides sont là et ils vont l'accompagner dans ce grand voyage, c'est bon de ne pas se sentir seul et redouble d'énergie, son pas est bien marqué, franc, de bonne amplitude, il marche vite, son appareil cardio-vasculaire lui fait un rapport à l'ordre ! Écoute de son corps et tout va mieux !

Village en vue en contre-bas, des cheminées font sortir cette bonne fumée, elles réchauffent autant l'intérieur et l'extérieur, son odeur est agréable, le pas reprend le commandement, et comme si un coup de téléphone avait sonné les portes des maisons s'ouvrent, les gens sortent, pour voir et accueillir ce nouveau venu !

Deux cents trois-deux mille vingt montre une partie de son visage, il sourit, le regard de cette population est pour le moins interrogatif, et commencent par former un cercle, il est grand, une seule personne est prise dans son milieu, il tourne sur lui-même pour voir tous ces visages, sa lecture est belle, il lit dans tous ces yeux le désir de découverte, de soif de comprendre, « MAIS QUI EST-IL ? » Pour Gandalf le Blanc sa première question : Parlons-nous la même langue ? Essai :

- Je m'appelle Gandalf le Blanc, et je viens vous voir et vous parler. Vous me comprenez ?

- Oui (collectif) on nous a prévenu de votre visite et nous savions déjà que c'était bien pour aujourd'hui !

Des télépathes….

- Ma mission est grande, je suis fier de vous voir et surtout d'être là ! Voilà je vais vous voir tous un par un dans une pièce libre de toute tension et nous allons faire un travail très important… Vous avez cet endroit ?

- Oui il est juste à côté, nous pouvons commencer quand vous voulez.

- Pouvez-vous me donner un endroit ? J'ai mes affaires à ranger, (les gens regardent bien et ne voient aucun bagage, mais IL est magicien !) Mais bien sûr nous vous avons préparé une petite maison pour vous ! S'il vous plaît ?

Le cercle est vite défait et une belle ligne droite montre le chemin, s'arrête devant une vieille et belle porte en bois et ce font un plaisir de l'ouvrir en grand, voilà vous êtes chez vous, prenez votre temps, nous aussi, nous savons le prendre !!

Arrêt sur le TEMPS le silence fait du bruit, les ondes diffusent des messages, l'air devient complètement Pur, la sérénité est bien posée, la jouissance de ce moment est au paroxysme ! Les yeux sont fermés, ils font le plein et c'est exactement le Besoin attendu !

Deux cent trois deux mille vingt sorts de cette léthargie, ouvre ses yeux déplie son grand corps, se lève et vient habiller le cadre de cette porte, il en utilise toute sa surface et :

- Que le premier vienne.

Un homme magnifique le visage ouvert avec un sourire hors du commun, avance d'un bon pas, et se penche en pliant tout son haut du corps vers le bas, en position d'humilité et de compensation.

- Je suis heureux d'être Là !

- Entrez ce plaisir est entièrement partagé, merci de votre présence, elle est importante autant pour vous que pour moi...

Une simple table, deux chaises sont préparées, elles tendent la bonne position pour chacune des personnes, et prennent place, le début du dialogue sans mot dire est enclenché, mais nous n'entendons rien, mais laissez-vous porter par les mots du silence et Là vous comprendrez la première marche de cette télépathie !

C'est cette personne à un pouvoir énorme : il est l'Homme Médecine...

- Voilà, je suis seul afin d'aider tous ces gens, et mes pouvoirs diminuent de jour en jour. Vous êtes le seul Homme Lumière à pouvoir me guérir, et surtout de me redonner tous mes pouvoirs ! Mon grand âge n'est pas un obstacle pour moi, je vous demande juste de pouvoir réanimer la Flamme de ma vie !

- Bien, vous soignez très bien les autres, et je vous en félicite, votre problème c'est que vous ne savez pas vous soigner vous-même, et votre corps fatigue, c'est normal, je vais vous donner une solution, vous serez vraiment le seul propriétaire de tous vos corps, là vous deviendrez Fort.

- Oui, mais comment faire ?

- Ne mettez pas la charrue avant les bœufs !

Un sourire illumine son visage, il devient lumineux et cette expression fait ressortir la beauté de ses rides, il ouvre enfin ses épaules et ouvre tout son corps sur le SAVOIR, l'ouverture, il veut se remplir de toute cette énergie, il est prêt !

- Posez vos mains bien ouvertes sur la table, laissez tomber vos épaules, fermez vos yeux, laissez-vous porter, ne chercher rien à savoir, à comprendre, je vais m'occuper de vous…

- Chuttt ….

Gandalf le Blanc pause sa main gauche (la plus forte en puissance magnétique) et commence ce soin hors norme, il ferme ses yeux et son cerveau rentre en contact avec celui de cet Homme Médecine, et les informations fusent, tranquillement, doucement, avec patience, et méthode, le côté gauche de son cerveau se nourrit avec ces nouvelles information, c'est du direct, à ce stade, la lumière commence à envahir cet espace, la main réparatrice chauffe fort, très fort, et comme le bateau arrêté en pleine mer pose son ancre ! (Phase Ancrage !)

Attente, inauguration, ouverture…

Et La main droite en attente de pouvoir travailler, bouge, un doigt, un seul se met sur un endroit bien précis, il est juste sur la scission entre le cerveau droite et le gauche, (considéré comme le Pont !) et…

Les informations misent dans le gauche, vont muter vers le droit : Exécutif !

Le visage de l'Homme Médecine se métamorphose !

(Ça marche…) Les doigts magiques relèvent tout doucement leur position, encore un peu plus, toujours dans la même quiétude continuent leur progression et enfin la ligne d'arrivée montre le bout de son doigt, et Libération !

Deux cent trois deux mille vingt, souffle dans son intérieur, il est en expectative de la réalisation faite, se détache, se réapproprie son intégrité.

- Voilà, vous êtes un nouvel homme, pendant les quelques jours où je vais rester là je vous donnerai les points d'acupunctures pour vous.

- NB : Et dire que la médecine chinoise a découvert il y a huit mille ans les fils appelés méridiens et leurs carrefours ; les points d'acupuncture ! Sans la moindre imagerie médicale ! Avouez leur puissance, toujours en vigueur aujourd'hui !!!

L'Homme se déroule, se lève, se regarde, se touche, se découvre, il prend avec ses deux mains sa tête et les yeux bougent dans tous les sens, il n'en revient pas, il est tout neuf…

- Comment faites-vous ?

- Je fais.

Il sort de cette maison, de La pièce où les changements ont eu lieu, et part en courant, en faisant bouger ses bras comme s'ils avaient été un moulin à vent, et à pleine voix, il chante les louanges habitant chez lui, à l'intérieur de Lui, et la population surprise de l'entendre sort et contemple leur Homme Médecine, quel unisson, quel plaisir.

Tout ce petit monde bouge, parle fort, et vient avec en tête, le nouvel Homme vers Le « Celui qui a Fait ça ».

Voilà ce que l'on peut appeler une remise en question, et en restant à sa place le rédempteur prend la parole :

- Ma mission consiste à Donner, et ce que je viens de faire sur votre Homme Médecine sera pour vous la chose la plus importante, Il est là pour vous … Et maintenant je vais rester quelques temps avec vous pour donner ce dont vous avez besoin, ce Temps est un mot précieux, et le plaisir de vous dire : La journée sera toujours SEULE, à vous d'en prendre conscience et de l'amener avec un grand plaisir afin de très bien la réussir. La chose bien faite sera une satisfaction pour vous, s'il manque le petit plus vous en aurez conscience et la prochaine fois, il vous restera d'apporter le changement nécessaire.

Maintenant Festoyons, buvaillons, mangeaillons, rions, VIVONS …. Grande FÊTE !

Le lendemain matin pour dire bonjour au lever du soleil, l'air est pur, il ressent les restes festifs d'hier ! Gandalf le Blanc se dirige vers la rivière qui montre son écrin d'argent, et les mini vagues ressemblent à des moutons montrant la blancheur de la laine, beau spectacle, et sans rien dire, il jette au sol sa grande aube, retire ses tatanes, et rentre nu dans cette eau régénératrice, il en chante de plaisir, reste encore un peu plus, Il se sent bien…

Retour vers la civilisation, sa démarche est aérienne, légère, souple, il rayonne de tout son être et revient dans sa demeure, une surprise l'attend !

Déjà une colonne bien rangée, dans le calme le sourire sur tous les visages, et ce silence est bien parlant !

- Bonjour à vous tous, vous avez bien dormi ?

- Un Oui collectif avec un son clair et fort !

- Vous attendez quoi ?

- On veut vous voir…

- Bien ce sera un par un, ça risque de durer longtemps, mais ce n'est pas un problème, commençons par vous, le premier en tête.

Et les regards, les questions, les réponses, la délivrance des points considérés comme négatifs sont allégés, et quand le Toucher de Gandalf le Blanc est fini, les personnes sortent avec un visage complètement différent, voire lumineux. Ils ont été récompensés !

Une journée puis encore une autre, les jours défilent, et sans rien demander, avec juste un regard, il prend un tabouret et s'assoit à côté du Maître.

Ne serait-ce pas notre Homme Médecine ?

Hé oui…

Il assiste, écoute, sans jamais prendre parti sur aucun des points cités !

À un moment, le Maître pose sa main gauche sur sa main droite, très légère, mais quelle chaleur en sort, et le Maître continue, les personnes défilent, l'Homme Médecine apprend, il est tout simplement à l'école de la Vie.

Le cinquième jour, événement de la plus haute importance :

- Maintenant, prenez Ma Place.

- Mais…

- Vous pouvez maintenant, je suis là, je reste à vos côtés.

Ne pas se poser de questions, laissez votre conscient vous guider, fermez vos yeux, et apprenez à lire votre cerveau, pour vous c'est un jeu d'enfant, le mot confiance est ancré dans votre vous, et maintenant :

Allez. Je ne vous cache pas que le premier patient est surpris de ne pas avoir le Maître, qui lui fait un clin d'œil rassurant, de l'air de dire « ce sera très bien... »

Et ce fut le cas, Notre nouveau guide complètement lâché grimpe dans l'échelle du pouvoir, il s'éclate, pas aucune retenue, il jubile, et ceux qui le connaissaient sont surpris et heureux de ressortir complètement changés !

Le soir, deux cents trois-deux mille vingt organisent une grande réunion, il monte sur une petite hauteur genre tabouret et porte de sa voix souple et forte le message :

- Voilà quelques jours où nous sommes tous ensemble, et je tiens à vous remercier du fond de mon cœur de tous nos échanges, votre écoute a été de grande force, les messages laissés vont vous permettre d'évoluer dans votre système éducatif, social, créatif. Vous êtes maintenant les porteurs de missions pour améliorer la Condition Humaine, nous sommes plus ou moins dans une turbulence poussée par le négatif, à vous de jouer pour   en   faire   descendre l'intensité ... !

Pour clôturer sur ces bonnes paroles une bonne fête aura sa bonne place !

Ce fut le cas et le lendemain de très bonne heure le jour à peine sortant, Gandalf le Blanc est parti, avec la satisfaction d'avoir été, et d'avoir fait …

* * *

5

Routes, chemins, villes, villages, montagnes, clairières, ruisseaux, végétation luxuriante, jours et nuits se suivent comme deux vieux copains et s'amusent avec leurs variations pour occuper un peu les humains. Et comme s'ils étaient sur la tribune du théâtre de cette vie, il s'amuse bien de voir leurs comportements !

De manière presque volontaire, une omission s'est glissée dans ce magnifique tableau : et Leurs habitants ?

Depuis quatre et cinq jours, je suis suivi, ils sont nombreux, silencieux, ils sont Là !

Nous continuons notre route, nous franchissons les obstacles du style ravins importants et dangereux, traversant des rivières comme si elles étaient en colère, et nous passons.

Avec ces problèmes, je tombe nez à nez avec un animal touché à mort dans cette rivière tonitruante, et avec respect je le remercie d'avoir donné sa vie pour les autres qui me suivent toujours.

Et en fin de journée, Ils se sont rapprochés, sont Là, ils sont une bonne vingtaine, et enfin nous nous voyons, ces regards sont gravés dans ma mémoire, et Un, le Chef de la Meute, (et oui c'est une meute de Loups !)

Il se détache, à petits pas avance, la distance nous séparant est immense, mais le mouvement est bien en avant, nous cherchons une communication ça c'est sûr.

Je fais un demi-tour sur mon côté gauche, me baisse et prend dans mes bras l'animal noyé, mes jambes prennent le mouvement en avant, nous sommes à deux cents mètres l'un de l'autre, nos regards sont comme collés et nous avançons.

J'estime être à bonne distance. Je m'arrête, je dépose l'animal au sol, et repars en marche arrière, tout doucement, encore et encore, le temps de cet échange est tout simplement Enorme.

Le loup avance lui aussi tout doucement, il ne craint pas, il Sait.

Moi Gandalf le Blanc je me suis mis en arrêt, à genoux, en attente, le Temps ….

Le loup avance encore, il se rapproche, il marche à pas de velours, nous ne nous quittons pas du regard, nous sommes en plein dialogue télépathique, plaisir, partage et le plus important : « PROTECTION »

Ça y est-il prend mon offrande, et enclenche lui aussi la marche en arrière et rejoint Sa Meute.

Non le repas n'est pas pour maintenant, pas devant LUI, mais ce qui vient de se passer reste gravé dans et avec cette meute, Moment extraordinaire, il va servir tout au long de Ma Vie.

La continuité ouvre une porte immense, car en plus de mes guides, et en plus de mes loups, rendez-vous compte je viens de mettre un petit mot de trois lettres comme si je m'étais « approprié » …. « Mes » est-ce une erreur ? Non je ne pense pas, car ce n'est pas la première fois (voir un de mes livres « MARIE ») Et sentir cette liberté envahir tout mon être me comble de joie !

Mes yeux voient davantage de choses, mon corps en éveil ouvre une nouvelle connaissance, celle de l'homme Lumière !

* * *

6

Gandalf le Blanc est transporté dans une nouvelle dimension, celle-là est sa préférée, dédoublement de son corps physique, pour faire le voyage de ses rêves, tel une fusée il part avec une vitesse digne des plus grands circuits automobile, il n'est rien physiquement, mais cet état jubilatoire atteint son paroxysme !

Les montées et descentes vertigineuses sont magnifiques, Il regarde ces humains avec des comportements bizarres, il ralentit et pose son enveloppe sur un immense rocher, et essaye de comprendre, le bazar dans les gestes, leur parler est incompréhensible, son voyage s'arrête là !

Il a du travail à faire, mais en premier récupérer son corps physique, et évaluer la distance à faire….

Il prend ses repères, et demande à ses guides en gros le chemin à suivre !

Ce sera long, mais possible, surtout prenez bien le temps ! Comme une fusée il fonce vers son corps, il est bien là, reposé, détendu, en attente de son patron.

- Mais tu es là ?

- Hé oui, nous allons faire une très grande route, j'espère que tu es bien reposé ?

- En pleine forme !

Trouver à manger, des protéines, du corps gras en petite quantité, du glucose, et surtout de l'EAU.

Une bonne journée a été suffisante, et c'est parti !

La bonne étoile est mon guide, droit devant, le pas est correct, nous n'avons rien à prouver, seulement tout à prendre, il est loin dans sa solitude.

Ses pensées sur le devenir de l'humanité le laisse pantois, déséquilibré. L'incohérence : mais pourquoi ne se posent-ils pas au lieu de foncer tête baissée dans le mur de leur vie, là ils risquent de la perdre (la VIE !), mais ils n'en sont pas conscients.

Il cherche sa baguette magique, et insuffle une immense force lumineuse, sur toute sa surface devant, derrière, à droite, à gauche, en haut et bas.

Métamorphose, les gens se regardent avec cet effet de surprise, incompréhension, leur parler a changé, ils se « touchent » en premier sur eux, et ensuite entre eux !

Nouvelle notion, prise de conscience, ouverture, amour, les corps se libèrent complètement, les vêtements volent au-dessus de leur tête, ils font l'amour comme si c'était la première fois, les cris de bonheur, les chants des femmes portent le plaisir au summum !

Enfin voilà un nouveau peuple avec les mots :

PAIX   AMOUR   PARTAGE   LIBERTE CONSCIENCE

Maintenant ils vont enfin apprendre leur nouvelle vie, ils pourront construire en unification entre eux, ce peuple est Libre, je vous souhaite une bonne vie. Comment d'un coup de baguette pouvoir réaliser un tel changement ?

- Tu as vu comment tu as trouvé ce bon bouton ? Il est exact, tu grandis, toutes mes félicitations Gandalf le Blanc …

Reprise de ma route, l'esprit serein le pas est accéléré, comme porté par une énergie nouvelle deux cent trois deux mille vingt est heureux !

Les kilomètres sont comme magiques, et encore une fois il n'est pas seul. Eux se souviennent et ils ont envoyé par télépathie aux Autres mon arrivée, mon passage dans leur territoire, cette notion d'accompagnement me plaît beaucoup…

Rendez-vous compte ces animaux sont vraiment plus forts, ils se servent de leurs SENS !

Mes pas, mon souffle, mon cœur, mon corps, mon taux vibratoire monte de manière plaisante, c'est le moins que je puisse dire, OSMOSE complète.

Successions des jours, les semaines, les mois, les années sont absolument extraordinaires, j'approche de mon but, je le sens, et pourtant, il faut que je prenne encore de la patience, ce n'est plus un problème, j'ai trouvé la solution.

Mais quand même elle pourrait m'aider un peu plus. La vie sur terre est régie par ce temps que nous aimerions accélérer quand tout va mal, et ralentir quand tout est bien agréable, ça c'est complètement impossible, il faut s'en faire une raison !!!

Mes guides me félicitent de ma sagesse et pour me donner une récompense, arrivent à raccourcir de manière substantielle ma route.

Effectivement je ne pouvais m'en rendre compte, ce ne sera que bien plus tard, beaucoup plus tard, Là je saurais.

* * *

7

Sur l'ensemble de notre planète c'est le grand désordre, l'être humain est en phase d'autodestruction, il vise et l'erreur frappe à la porte de la conscience, toujours ce PLUS est le grand patron, la notion des valeurs s'échappe, ne pas prendre conscience de ce que nous avons, le faire prospérer serait tellement mieux...

La politique mélangée avec la religion et avec additif le sésame de tout le monde, l'ARGENT, vous avez tous les éléments de cet avenir, non seulement des autres, lendemains avec la procréation, le monde de demain, à force de puiser dans le fond des placards, des puits, des cachettes introuvables, et...

Voilà la souffrance, la maladie, la pollution, la désertification, la destruction, l'autodestruction, ce tableau fait jaillir encore une fois la terre, l'homme, les animaux, les forêts, la mer, les EAUX, la vie à l'intérieur de ce qui représente quand même soixante-quinze pour cent de la surface de notre globe, avec les bons gros bateaux que j'appelle le gratte-cul de la flore et automatiquement de la faune, regardez aujourd'hui le nombre d'animaux portés disparus, les plantes idem, et nous ? Notre manière de voir, de faire, de convoiter, d'équilibrer, d'enseigner la sagesse, la purification de nos pensées, le mot éducation prend la Poole position, là le bât blesse, apprendre à sortir des cases fermées du conditionnement, de l'habitude (la bonne question : est-elle bonne ?)

Les Âmes sont dubitatives sur le comment faire pour cette prise de conscience, donner des solutions pour l'amélioration de tout ce négatif, faire un grand nettoyage de printemps, mettre le maximum d'oxygène dans les forêts, dans les êtres vivants, respirer à pleins poumons sauf les pots d'échappement ; eux n'arrêtent pas de faire des petits et deviennent forcément des grands, et nous allons toujours plus vite, plus haut, plus loin, plus fort, tous ces PLUS me donnent mal à la tête, je vais sortir dehors respirer, et faire mon ménage intérieur en me rapprochant de notre chère Dame Nature (ce qu'il en reste !)

Ça fait du bien et je vais repartir continuer ma mission !

Au loin je vois un édifice important, des grosses masses de murs et ne souriez pas (avec les Plus !) Se donnant le pari d'être les gagnants dans cette compétition, ma curiosité m'entraîne et mon pas s'accélère, une chose à laquelle je n'avais pas pensé c'est quoi à l'intérieur, donnant l'impression de vivre dans un autre temps, une autre dimension, mais cette Odeur ?

Inconnue, et pourtant omniprésente, envoûtante, le moindre millimètre carré est touché, cette sensation me trouble et m'interloque, mais que se passe-t-il ?

Curieux les gens sont avec des accoutrements bizarres, personne n'a un visage montrant la satisfaction d'être là, pas le moindre sourire. Des cris de douleurs, la souffrance est Là, ça sent mauvais, pardon ça pue.

Depuis la nuit des temps, dans la civilisation même ancienne deux cent trois deux mille vingt vient de rentrer dans ce qu'on appelle un Hospice, ou un Hôpital, dans UN, où on voit cette multitude de gens, des malades, des gens pour s'en occuper (relatif … surtout à cette époque lointaine), mais c'est comme ça.

Que puis-je faire ?

Sortir de la Lumière.

Rentrer à l'intérieur de ce mouroir.

Donner le peu nécessaire à ce peuple de souffrance.

Mais comment ?

- Tu sais très bien comment faire, ne te poses pas de question, Mais Fait.

- Il y avait longtemps que je ne vous ai pas entendu.

- Et oui Je suis toujours à tes côtés et tu avances dans le bon sens, fais-toi plaisir, relâche les chaînes de ces pauvres malheureux, ils ont besoin de toi !

- Et c'est parti…

Comme dans un éclair, dans un feu d'artifice, les couleurs multiples éblouissent les murs, les regards de tout le monde, festival de Pourquoi (S) et un peu comme par magie, toutes les fenêtres s'ouvrent en grand, une drôle d'odeur fait une entrée tonitruante !

Bonjour Oxygène, chasseur des mauvaises Odeurs, bonjour à toi, rentre partout, va encore plus loin, fais-toi plaisir, donne ce que tout le monde attend depuis si longtemps, allez encore et encore, fonce tête baissée, c'est bien, très bien je suis Fier de Toi ……..

Retour, regards, positions et oui les malades bougent, changent de position, questions, et enfin une personne :

- Mais qui Êtes-vous ?

- Je suis Moi.

- Comment avez-vous fait pour tout ça ?

- J'ai fait.

- D'où venez-vous ?

- De là-bas.

- C'est où ?

- Pas la moindre importance, puisque je suis là. Maintenant écoutez-moi bien, si je suis ici c'est bien dans un but : Retirer la Douleur, l'odeur, la souffrance, et je vais vous donner tous les outils pour FAIRE. Je vais rester avec vous quelques jours pour vous apprendre, vous éduquer et après je partirai…

- Mais Pourquoi ?

- Pour COMPRENDRE………

Le simple fait de voir autant de souffrance, de non-respect pour nos nous, de pouvoir faire descendre au plus bas de leurs eux, même les animaux ne pensent pas et surtout ne font Pas, encore un déséquilibre à modifier.

Le travail entrepris sera long pour pouvoir faire rentrer dans les cerveaux de toute la masse des entrepreneurs, ils ont un surnom : « Les BRAS ! » , ce ne sera pas facile, à moi de trouver la solution en retirant la force, le verbe haut, crier n'est pas la solution, faire comprendre qu'ils sont propriétaire de mille choses enfouies dans les abysses de leur eux !

Avec grande patience, le cas par cas, leur dire les mots qu'ils ont besoin d'ENTENDRE (ne pas confondre avec écouter), ce verbe ne fait pas encore partie de leur sens, et grain de sable par grain de sable, le début de l'évolution commence à montrer le bout de son nez !

En considérant la petite graine de moutarde qui montre sa petite pointe de verdure, sortir de son pot intérieur, le sourire sur le visage qui a tout simplement Réussi démontre que le travail fait en amont a porté ses fruits.

Le fait de faire la multiplication de tous les éléments sera la finalité du Bien, de Liberté, et là les récompenses pleuvront de toute part, la première image prise en compréhension est, et sera, loin dans la mémoire de tout ce peuple, mais pour quand ?

Déjà les odeurs ont pris la poudre d'escampette par les fenêtres, la douleur de tous ces corps malades a bien diminué avec la douceur, la présence des soigneurs, comme quoi le respect de la personne porte ses fruits, hum qu'ils sont bons !

Le verbe jouir est rentré, Gandalf le Blanc en est la victime (qu'il aime pourtant bien !) et sa place bouge dans le bon sens, encore un peu de fignolage, ancrage, et communiquer au maximum de vos frontières pour faire changer, pour améliorer la condition humaine, là est la solution, et peut-être un jour, ces messages arriveront à conquérir le Monde (Utopie ?) Et pourquoi Pas ……

Tant et si bien, l'heure du départ a sonné, le cœur rempli de bonheur, deux cent trois deux mille vingt à son bon pas, heureux et libre.

Des personnes le suivent de loin, certes, mais elles le font, il comprend la demande et ne change rien dans la direction et la vitesse de ses pas, la troupe avance et comprend que LUI a compris, déjà les cerveaux sont bien branchés et communiquent. Serait-ce le début de leur télépathie ? Oui !

Un jour, puis un autre, l'accordéon se rapproche, ils…. Dans pas longtemps ils seront là …..

Le Bon Jour est arrivé.

Pas un mot, pas un bruit, le cercle formé est parfait, toujours rien, et :

- Merci de votre présence, si vous êtes là c'est pour une bonne raison, et, je vais vous donner, vous allez recevoir, cela sera de la plus haute importance.

- Vous êtes notre Guide, nous avons besoin de vous, et vous de nous, nous sommes en osmose et ça n'a pas de prix !!!

- Patience, écoutez, vos chemins vont s'éparpiller sur des milliers de kilomètres, vous serez mes porte- paroles.

- Silence, regards, humilité, plaisir d'être.

Sans mot dire Gandalf le Blanc monte ses bras vers le ciel et tout le cercle répond à cet appel, l'unicité est parfaite, et TOUS demandent la même chose ! Ce n'est pas beau tout ça ?

Encore le chiffre vingt est bon, Chacun va recevoir le juste touché de Sa main, avec ce geste je leur ai fait Don d'une partie de moi ! Chacun va avoir sa mission, et pas besoin de merci, encore moins de « Combien je vous dois ?)

Tournant, virage, chemin de vie, voilà la suite du programme et surtout Bon voyage !

* * *

8

Tous les animaux sont en détresse, il y a le feu dans une immense forêt, cette chaleur est insupportable, les flammes montent très haut, la distance qui nous sépare est grande, j'accélère le pas, je cours, je m'essouffle, trouver une solution, et mes amis ont reçu mon message, et comme par miracle, un gros nuage tout de noir vêtu remplit tout le ciel, les éclairs transpercent d'une puissante lumière un tableau féerique et des gouttes grosses comme des grenouilles se font un malin plaisir de rafraîchir l'atmosphère !!!!

Tous les animaux sortis en masse, les faibles, les forts, les prédateurs, et les victimes ne pensent uniquement qu'à une chose : « On est Vivant. » et comme attirés par un grand bonhomme tout de blanc vêtu, il est là ne bouge pas, ses yeux sont perçants, ils savent lire, comme une colonne attendant son tour, sa place, ils avancent, ils ne sont pas loin, et : « Ses deux grands Bras se déploient ! »

- Allez en paix monde animal, votre peur est partie, ALLEZ !

Un demi-tour aussi rapide et avec unisson ils obéissent.

De là-haut :

- Bien travaillé, tu pourrais me dire au moins merci pour l'orage !

- Vous ne m'avez pas laissé le temps... Mille mercis !

- Je vais repartir, mon chemin est encore long ! À bientôt pour les nouvelles.

Deux cents trois-deux mille vingt repart, ses pensées prennent une grande place, et la relativité omniprésente donne une indication :

- Tu grandis de jour en jour, et les pouvoirs se multiplient, à toi de savoir en prendre conscience et les utiliser.

Mon cerveau me parle avec une identité de Jeu, et mon for intérieur s'en amuse ! Un sourire habille mon visage qui fait disparaître mes quelques rides naissantes, et un miroir virtuel renvoie cette image !

Il faut m'occuper de mes besoins gustatifs, car il y a un bon bout de temps, c'était tombé dans mon trou de mémoire !

Encore un petit signe prit au vol et un lance-pierre confectionné depuis longtemps est bien content de travailler, surtout de rendre service, et une pierre bien rangée à côté de cette arme, va du premier coup rendre l'animal de la vie à la… Un bon repas Hum !

Le ventre repu, le relâchement total, le regard perdu dans l'immensité du ciel, voilà Gandalf le Blanc dans les bras du sommeil !

Plus rien n'existe, plus rien ne vient troubler ce silence doux dans son petit bruit invisible, le corps tout entier est en relâchement, des curieux viennent tout près sentir son odeur, restent à distance, on ne sait jamais comment il peut réagir, et il en faut quand même un plus téméraire, il franchit la Ligne, l'espace, celui-là ne lui appartient pas, mais il faut savoir comment ça va finir !

LOUP !!!

Incroyable, mais vrai, la transmission télépathique a franchi la frontière, je n'en reviens pas, cette odeur je la connais, cette présence aussi, je bouge très légèrement ma main gauche, Loup comprend ! Ma tête tourne aussi, dialogue :

- Je suis ton Ami, tu n'as rien à craindre, mais tu le sais déjà !

- Regard profond !

Je trouve un morceau de viande séchée et je le dépose : Cadeau !

Comme Ils font, il prend délicatement le présent et repli en marche arrière pour disparaître dans la nuit... !

Sommeil fini, regard sur l'univers, étirement complet de mon corps, respiration profonde et volumique, quelques mouvements des jambes et bras en harmonie, tous les tableaux de la veille repassent devant mes yeux, et le décor du jour est complètement différent, soleil, lumière, tranquillité, ce sera une très bonne journée ! Une surprise se dessine dans ma tête, on verra bien, je ne suis pas pressé !

À tout à l'heure.

Une question trotte dans la tête de deux cents trois-deux mille vingt : D'OU VIENT-ON ?

En puisant tout au fond de mes nombreuses vies antérieures, cette question Jamais je ne me la suis pas posée !

Un peu plus de recherche en dehors de toutes les croyances infligées par des personnes (Supérieures ?) Que nenni, donc je vais me plonger dans mon corps et partir faire un voyage hors du temps sur tous, Tous les éléments de mon Être !

Je m'amuse de nombreuses fois à inviter des personnes. Soin Collectif. Le nombre n'est pas pour moi un problème, et voici la présentation :

Je vous invite à faire un voyage dans Votre Corps, vous êtes éloigné de quelques mètres de moi, je vais vous mettre dans un état « Second » et je vais vous promener au sein de tous vos organes. Si je vois que des personnes peuvent avoir des problèmes, je ferai un petit voyage dans leur corps pour les aider.

- Êtes-vous partants ?

Donc je ne bouge pas, je ne connais absolument Personne et je vais partir dans une connexion télépathique. Les retours sont amusants du genre :

- Monsieur je n'ai rien ressenti, mais vous avez travaillé sur une partie de mon corps… Laquelle ?

- Je vous ai équilibré une glande complètement (malade !)

- Mon médecin ça fait longtemps qu'il y travaille dessus !

Maintenant je n'ai plus rien … Je ne vais pas vous faire l'anthologie de tous les nombres de cas traités, mais je vous invite à faire ce voyage ! (Découverte) Des bourdonnements se manifestent dans ma tête, tiens, tiens c'est mon copain (dans mes anciens livres concoctés !) il se manifeste :

- J'ai mal.

- Je viens voir ce qui se passe.

Je rentre dans les multitudes de ses méandres, circuits, combinaisons, carrefours, les moindres virages dans leur complexité me troublent et je me sens perdu, mais Où est le problème ?

Je me pose et je lui demande de m'aider à trouver le lieu, l'origine, le pourquoi, et en fermant mes yeux je laisse les nœuds de cette énorme pelote de fils travailler pour me donner une solution, sans savoir si ce sera la bonne, mais patience.

Pensez quand même au déficit de notre science, à ce jour quatre -vingt -dix pour cent de cet élément n'a Jamais été exploré, donc pour votre humble serviteur inexploité ! Je vous laisse libre de votre pensée.

Tenue d'explorateur, et gentiment je pars à la recherche, tout doux, ne pas bousculer et Lire, écouter les informations, je suis pantois, j'essaye de comprendre, sans succès, patience, je respire, quelques bribes viennent me frapper :

- Oui, je vous écoute.

- Vous m'entendez ? C'est la première fois. Je suis content de votre connexion. Que voulez – vous savoir ?

- Comprendre votre fonctionnement, Votre position, votre rôle, votre raison d'être ?

- Vous m'en demandez des choses ? Seriez-vous curieux ?

- Et oui, je suis porteur de missions encore impossibles et j'aimerais tant pouvoir comprendre.

- Bien depuis le temps que nous sommes ensemble je commence à vous connaître et je vais pouvoir vous aider. Ce sera un très grand voyage, vous êtes prêt ?

- OUI !!!

- Voilà je suis le carrefour super important, à droite je suis la mémoire, mais pas la première, je suis celle existante depuis le début de votre création donc la plus ancienne et avec passion je me suis bien amusé à la ranger correctement (ça vous sert dans votre vie de tous les jours !) et je vous en félicite. Mais attention vous avez le pouvoir, quand ça vous arrange, de les retirer, de les oublier, de les occulter, (ce n'est pas la bonne solution...) elles font partie de votre vie !

Plus loin je vous ferai un magnifique Cadeau : un chapitre sur cette dernière....

- Pourquoi vous m'avez coupé la parole ? Ce n'est pas correct de votre part, mais je vous comprends et je ne vous en veux plus ! Bien continuons, et l'autre branche du carrefour c'est la suite de votre chemin de vie (il est construit depuis le tout début de votre conception !) Vous le Saviez ?

- J'en avais une petite idée, maintenant elle est concrétisée, Merci.

- Donc cette voie est le centre de votre préoccupation humaine la Raison, les petits plus seront délivrés à doses homéopathiques pour en faire une bonne construction sur laquelle vous pourrez voler dans votre devenir ! La place, la mienne est prédominante et je donne le maximum dont vous avez besoin et je ferai tout pour ne pas vous laisser tomber, une chose, je ne suis pas Seul, mes copains et j'en ai plusieurs milliards sont tous Là, et nous serons Là avec vous jusqu'à la fin de votre chemin…

- Souvenez-vous pendant une grande période vous aviez des maux de tête insupportables, à votre avis, c'est Pourquoi ? Il faut vraiment arriver à faire le ménage dans votre vie, il est concevable que les charges dont vous avez été le premier touché marquent votre sensibilité et surtout gardez là bien au chaud, elle vous servira dans bien des situations.

- Mais, je ….

- Arrêtez un peu, servez-vous de votre sagesse, n'oubliez pas vous êtes un Sage !

- Le cerveau, les cerveaux de l'humanité, le mien, j'aimerais en savoir encore et encore, le mien a faim, et j'ai grand appétit !

- Je sais tout cela et si vous étiez davantage à l'écoute…Tous les jours je vous envoie des messages, je me sers essentiellement de votre Subconscient, en le glissant juste sous la ligne de La Conscience il vient mettre un peu d'épice, de lumière, dans votre esprit et Ouvre la Porte, la Votre, et tous les soirs pendant votre examen de conscience sur la journée passée, le verdict tombe ! Mixité des plus et moins, et les questions ? Si j'avais su ? J'aurai pu faire autrement ! Etc.

- Vous ne faite que continuer, et la route est longue, nous allons faire tous deux un jeu : deux fois par jour je vais poser dans votre cerveau une devinette, commencer par des simples, faciles, et quand vous en aurez la perception, (ouverture !) il vous faudra en trouver La réponse ! Au fur et à mesure j'augmente, encore et encore, là vous aurez vos réponses, votre cerveau sera votre véritable ami ! Je me suis permis d'en informer les parties supérieures et elles aussi ont trouvé l'histoire du Jeu très intéressante. Prêt pour partir ?

- (Sourire sur mon visage) oui !

- N'oubliez pas Deux par jour…

Deux cents trois-deux mille vingt donne l'impression de partir gravir une montagne énorme, alors elle devient toute souple, glorieuse de recevoir cette personne, et donne les magnificences entre les couleurs, les odeurs, les grandeurs donnent un espace de liberté extraordinaire, la Montagne est belle, grand Coucou à mon Ami Jean FERRAT, le choix de prendre le bon chemin, quel bonheur et ce n'est que le début !

Je cours, je chante, je jubile, je suis Heureux, mes pieds touchent à peine le sol, mon corps est léger, j'exulte de joie, je suis moi sans la moindre barrière, obstacles, je sens mon cœur battre sur mon tambour Amérindien les rythmes de la Vie !

Je veux donner à tous les Habitants de notre planète ce simple bonheur de voir, prendre, chérir, la valeur du cadeau fait sans le moindre regret, et surtout ne pas le saccager, plutôt le chérir, lui donner la bonne position comme pour le départ de toutes compétitions possibles, une idée vient de frapper à ma porte :

- Unification de tous les habitants, chacun à sa propre valeur, connaissance et le partage serait splendide, PARTAGER donnerait une force extraordinaire, cette unification donnerait une puissance bénéfique, là les verbes juger et comparer n'auraient plus raison d'être, mais faire MONTER la Raison. Les guerres, les injustices, les tueries parties au bagne.

- Merci pour ce message énorme, voilà le rôle donné, à moi d'apprendre à m'en servir.

- La voilà La Surprise …. Elle est Magnifique …. MERCI.

Et me voilà reparti, la simple notion de porter tout le temps mon compagnon, mon ami et nous allons partager jour par jour notre vie, il est vrai ce simple mot est extraordinaire, donc je me mets en ouverture de tous ces éléments, ils vont me faire découvrir, et ça j'aime.

Mon Cerveau ... Depuis une bonne quinzaine d'années, les gens me demandent de les soulager sur les plans différents, soit Physiologique, Biologique et Psychologique ; là sur ce dernier j'ai l'immense chance de me rapprocher de leur cerveau et de voir ce que je peux faire.

En faisant une connexion du mien sur le leur, je commence une lecture au fur et à mesure du soin de plus en plus profonde, les révélations surprises de sentir une intrusion, certes pacifique et non invasive (important !) et nous instaurons les milles questions gênant la personne, avoir la chance de pouvoir dialoguer est tout simplement extraordinaire, et le nombre de personnes touchant cette thérapie me demandent :

- Comment faites-vous ?

- Je fais ! Rencontrer les sacs de nœuds engendrés par les accidents de la vie, qui forment automatiquement des fermetures, et je démêle ...

- Pourquoi Vous ?

- C'est le cadeau de ma vie !

- Il est vrai, avec de la patience, énormément, l'avancée se fait millimètre par millimètre, me fait grandir et cette accumulation me fait aller un peu plus loin, et aujourd'hui je suis Là !

Les personnes touchées ont une signature amusante, leur visage a changé, les traits de leur douleur interne sont comme effacés et je ne sais comment elles cherchent à voir leur visage dans une glace ...

Surprise !

Je vais prendre l'air, ceci pour prendre conscience de ce passage, et chaque fois c'est bis repetita !

* * *

9

Le monde, je suis encore sur mon chemin de retour retrouver ses gens vues depuis si longtemps, car dans les voyages extra-planétaires, les distances et le temps ne sont pas dans la même équation, en bas sur terre tout cela prend une nouvelle dimension, notre corps physique est bien là pour nous le faire comprendre !

La poussée psychologique est un très bon moteur et le jeu de vie est comme avant toujours avec ces petites phases de découverte et de décontraction qui m'amusent bien !

Mon cerveau vient juste de créer un mirage !

J'ouvre plus grand mes yeux, mon pas s'accélère et je cours, la vision est encore très bonne, et encore, et impossible de le toucher, là :

- Je vous ai bien eu !!

- J'en été sûr, et vous trouvez ça amusant ?

- Vous perdez votre humour, surprenant, non ?

- Vous croyez ? Et Bien Non.

- Vous vous mettez en colère ? Vous me surprenez. Allez la réconciliation, venez on va boire un petit coup, et comment ? Je n'ai rien vu, j'ai dans la main un verre de jus de fruits fermenté … Et non ce n'est pas un leurre.

- Surprise, surprise !

- Comment avez-vous fait ?

- Je l'ai fait. Vous le trouvez bon ? C'est un de mes vins préférés !

- Excellent. Merci

- C'est amusant de vous voir, ne faisant plus la tête ! Très belle journée à vous !

Plaisantant, allègrement, riant, je pars, je repars, j'ai envie de bouger, la pensée est nourrissante et cultive mon moi.

Je, nous sommes en accord pour l'évolution et un grand nettoyage, notre terre explose de nos erreurs, nos homonymes perdent la tête, et raisonnent à l'envers, ils n'ont plus que dans la tête le mot Argent, Intérêt, et se croient les meilleurs, et plus fort … Nenni …

Cette chanson est vieille comme le monde et mon guide me fait comprendre le rôle de libération des esprits tortueux, et je continue sans relâche, avec l'envie de convaincre ces mécréants, certes ce n'est pas toujours aussi facile, mais on me donne les armes pour aider en toute symbiose et zénitude le choix, le bon !

Mon chemin pousse bien, le moteur est bien huilé, je me régale de cette journée à venir ! Loin de mon point de départ certes, mais je ressens, il va se passer un truc, une chose, et dans très bientôt une belle rencontre va avoir lieu…

J'accélère, je suis poussé en avant, je ne me retiens pas, et non cette fois-ci ce n'est pas un mirage, ressemblance avec une vie riche, pleine, chaude, même très chaude humidité au maxi, ma grande aube (poussiéreuse à souhait !) je tente d'alléger les grains de poussières collantes, et mon beau chapeau ? Même traitement ahhh ! Je dois avoir une meilleure allure, le premier coup d'œil est important pour ceux qui ne me connaissent pas, et La chose ce produit ! LUMIÈRE je l'avais oublié, La Porte de cette ville est grande ouverte, comme si mes oreilles entendaient le chant des sirènes (invisibles) les oiseaux (colombes) de paix évoluent libres comme le vent, mes yeux se remplissent de bonheur, et mes pas libres touchent à peine le sol, je suis porté, léger, heureux.

La couleur de leur peau est différente, la taille de leur corps est différente, leur voix aussi, elle est incompréhensible, je dois être dans un autre pays, le décor est unique avec le mélange de poussière des rues encombrées de mille et une voitures, vélomoteurs bruyants, mais les gens ont un sourire chaud et puissant, j'avance, je suis entouré, ils sont tout près jusqu'à me toucher, comme pour mieux me sentir, quelques voix montent le son, voire crient, mais la rue est bruyante et ces voix n'arrivent pas aux destinataires, et je continue, toujours porté par cette force intérieur et :

- Surpris de voir ce décor hors du commun ?

- Mais où est-on ?

- Dans un pays étranger !

- Tu ne me l'aurais pas dit, je ne l'aurais pas vu !

- C'est tout un réseau d'archipels, regarde les eaux comme elles sont belles ! Nous sommes dans un pays hors du commun, les pouvoirs de ce peuple sont énormes, et tu vas le découvrir en temps et en heure. Là tu vas comprendre la place que tu as et elle est très importante.

- Mais, comment communiquer ?

- Écoute maintenant, comment tu parles ?

- Ouah, mais ….

- Hé oui tu parles comme Eux !

- .... !

Dédoublement, je suis une personne avec des facettes un peu comme les yeux de la mouche et mon parcours de vie est comme je l'aime, pas d'habitudes notoires, par contre la soif de découvrir et dans les cercles fréquentés par de nombreuses personnes le substitut de Gandalf correspond en de nombreux points à la vérité !

Deux cents trois-deux mille vingt prend la mesure de sa position, son rôle, son destin à travers toutes les situations présentes en ce jour.

Entre les deux verbes : « DONNER et RECEVOIR » Il sait, et le jeu est parfois difficile, mais le grand plaisir est de trouver là où sont les solutions.

Le fait d'être autour d'un monde inconnu c'est justement pour apprendre ! Entouré par toutes ces personnes en attente du message à recevoir, je ferme mes yeux, me tiens debout le haut du corps agrandi au maximum, inspiration profonde pleine d'amplitude et expiration libératrice, enfin il peut.

- Bonjour à vous tous, si je suis là aujourd'hui c'est pour vous délivrer le message transmis par mes guides.

- Être le porteur de missions me comble de joie, pouvoir DONNER tel est mon destin. Je ressens dans votre peuple des sensations extraordinaires révélatrices de forces telluriques impressionnantes, suis-je le déclencheur ou le touriste ? Non je suis le messager « mes sages et ».

Nous sommes une bonne soixantaine de personnes, personne de la même nationalité, tous les âges sont confondus, idem pour les sexes, et dans ce magnifique mélange, il y a Une Personne sortant du lot, elle est simple, présente, puissante, discrète, et Nos Yeux sont en pleine lecture, nous communiquons sans mot dire, nous délivrons le message bien ancré dans mon for intérieur et « La PERSONNE » vient vers moi, elle est à ma gauche, puis dans un demi-tour fait face et me regarde droit dans les yeux, met ses deux mains sur mon avant-bras gauche, attend un moment : pour moi humble personne, ce sera enregistré à vie dans ma mémoire et :

- Nous avons maintenant devant et avec nous, notre « HOMME DE LUMIÈRE », il nous gratifie de sa présence, car sa position est unique pour l'amélioration de La Condition Humaine .... ! Gandalf le Blanc c'est un honneur pour nous tous de vous recevoir. Merci.

Le fait est que ces soixante personnes sont le dénominateur de Tous les peuples de la terre entière, c'est une première pour moi !

- Voilà, je vous donne à vous tous une partie de moi, la transmission de cette Lumière, elle devra être transmise à tous les Peuples, parcourez les villes, les routes, les petits villages, toutes les personnes quelles qu'elles soient, les riches, les pauvres, les malades, le Monde ! Vous êtes les porteurs de ce message, c'est énorme, mais Vous êtes Là pour ça.

En relâchant ma pression de pouvoir transmettre ces messages, je ressens une libération profonde sur tout mon corps et tous mes guides applaudissent en silence ...... !

Effectivement, les Philippines sont un recueil de personnes hors du commun, entre le spiritisme au degré le plus élevé ; j'ai justement assisté à une messe spirit impressionnante : Une bonne quinzaine de médiums sont dans un état presque second pour préparer la personne qui sera La Médium en transe et aura la possibilité d'être en communication avec les esprits ! Elle sera pour votre humble serviteur une pièce maîtresse, car en communication avec ma personne elle m'invite à me rapprocher d'ELLE.

Mes jambes tremblent, je suis en transpiration plus plus, elle touche ma main gauche, mon cœur, mon troisième œil et me quitte.

Message transmis : HOMME DE LUMIÈRE.

Encore un bon pas en avant, et nous partons tous ensemble pour me faire découvrir le pays, ces découvertes me comblent de joie, en admettant la position des habitants : je me sens étranger, ce n'est qu'une phase, car en poussant un peu plus loin, en fin de cette journée mémorable, le soir je me sens bien.

La simplicité est bien là, ils (les gens) ne se plaignent pas, ils sont si heureux dans leur vie et ne jalousent en aucun cas les Autres, sans le savoir ils délivrent la possibilité de Vivre en toute simplicité, pas de mendicité, tout le monde produit des objets locaux fabriqués avec rien, mais avec tous ces petits matériaux non vus par les autres et en sortent des beautés !

La terre donne, ils prennent, ils remercient de ces dons, et en profitent au maximum. Les gens ont de beaux visages, des traits fins, des yeux lumineux, et leurs corps de petite taille sont plaisants à regarder, et à convoiter le sourire des filles, gracieuses, et elles sont belles ! Tout ce mélange me fait plaisir à voir, à comprendre, certes le luxe est dans la simplicité et c'est bien comme ça ; pas besoin de plus, si tous les pays du monde pouvaient comprendre cela quel bonheur, mais c'est loin d'être le cas. Il faut encore et encore les Plus, mais ils ne voient que par considération des Autres et ne se connaissent personnellement même pas, fossé social !

Différence   Convoitise   Envieux   Petits   Eux .... !

Le simple fait d'être là va beaucoup plus loin, les soixante cités en amont me demandent de l'aide, la formation pour continuer l'apprentissage de leur nouvelle vie, malgré la partie de mon pouvoir transmise, ils sont encore plus envieux d'avoir, et oui, Plus !

Je vais leur proposer un soin collectif, dans un endroit bien approprié, Là l'étage supérieur les gratifiera.

Je fouine, regarde un peu partout, les regards de tous ces passants sont comme s'ils comprenaient le but de ma recherche et je me laisse téléguider par tout cet ensemble.

Quelle puissance dans ce monde intérieur, je suis porté, et mon sourire illumine mon intérieur, une image me poursuit, celle de cette personne, grande médium, elle est venue me voir dans toute sa puissance, et cette gratification me remplit de reconnaissance, elle ne me quitte pas. Moi aussi j'ai des besoins, le plus important serait de revenir vers Elle, il faut la revoir, retrouver son chemin, trouver son chez-soi, c'est impératif …

Je sors mes antennes, je sollicite ceux qui font partie de ma vie, et mon cœur bat plus fort, mes pas sont plus légers à force de tourner de droite à gauche, non je ne suis pas perdu, je suis sur la bonne route, je m'essouffle, transpire, il fait très chaud, mais j'aime !

Une porte sur le côté gauche (gauche= cœur !) est différente comme lumineuse, à croire cette lumière juste allumée en invitation ! Juste devant cette dernière, un souffle de vie pousse, elle s'ouvre, un couloir- hum ça sent bon la fraîcheur, l'odeur suave plonge dans le plus profond dans mes poumons, toujours personne, jeu de piste ? Ça y ressemble, je sens son rire intérieur venir me toucher, elle est pleine d'humour, j'aime ! Je ne suis pas dans un labyrinthe, et continue. Elle dose ma patience et estime mériter le dénouement de ce Jeu ! Une petite porte juste entrouverte m'invite. (Toujours personne en vue !) Un grand fauteuil avec un tissus de velours rouge foncé me tend ses grands bras, j'obtempère, une fois bien installé, je vois son ombre, elle se rapproche, une lumière toute douce me fait voir une partie de son visage, je suis ébloui, et elle se rapproche, presque juste devant, et plie ses jambes, devant les miennes, elle est beaucoup plus petite en taille et donne l'image d'un tableau amusant !

Toujours pas un seul mot…. Je suis d'accord pour le mettre dans la case inutile …

Elle prend ma main gauche et oui je suis toujours gaucher,

Son toucher doux et chaud transmet, donne une puissance hors du commun. Elle plonge ses yeux dans les miens et me parle sans mot dire :

- Maintenant tu as fait le plein de tous tes sens, va, ton chemin de vie est complètement lumineux, il est ton guide, et Moi je ne te quitterai Jamais. Va Homme de Lumière, tu es extraordinaire ….

Et elle prend mes deux mains pour enregistrer dans mon disque dur interne, il est gravé à VIE !

Je vais maintenant partir faire ce soin collectif avec mes soixante … Il sera explosif !

10

Mise en place, le décor rien de plus simple et pour une fois ce sera en extérieur, le confinement de toutes les essences seront bénéfiques, j'ai besoin de tout ce qui est vivant, l'air sera purifié, et libre comme le vent il sera partout, pénètrera jusque dans les moindres millimètres, l'oxygène, pureté, donnera une sensation de liberté, et déjà des personnes éprouvent le besoin de retirer leurs vêtements, quel beau tableau, cela me fait penser au plafond de la Chapelle Sixtine. Michel Ange a pourtant défendu son droit ! (à sa naissance Il n'avait pas de couche !!) Mais dans ce contexte mon soin collectif n'a nullement besoin d'avoir tous les corps nus, il faut savoir respecter les us et coutumes, ne pas blesser, mais être tout simplement bien….

Ouverture de tous nos sens, mettre cet état au paroxysme, je demande à TOUT notre univers d'ouvrir, donner, remplir, je veux faire sortir des entrailles de notre terre une force, la force tellurique de grande puissance pour nous porter, nous soulever, nous faire grandir, nous faire partir dans un état second, celui du jamais connu, ouvert, et là ce sera très bien.

La place que j'ai choisie est exactement ce que je voulais, mes soixante sont déjà ici, mais ils ne sont pas seuls, des curieux, non, des personnes attirées par la Lumière sont interrogatifs, mais que se passe- t-il ? Et je perçois une belle et bonne force.

Des gens, des animaux, des plantes, les arbres, les quelques fleurs (il fait très chaud !) Mon appel est énorme, j'ai TOUT, les éléments se déchaînent, entouré, je ne me reconnais plus, je suis transcendé, je me reprends, respire profondément et :

- Voilà ma mission, à ce jour je suis en possession de forces pour vous donner une part de mon pouvoir. J'appelle tous les esprits, toutes les formes de Vie à venir s'unifier, que cette force soit universelle, elle doit remplir tous ces éléments avec la puissance maximum, chacun doit recevoir son lot, son besoin, sa richesse.

- Bien, asseyez-vous en position du Lotus, laissez tomber vos épaules, vos mains ouvertes et posées sur vos cuisses, vos yeux fermés et nous allons commencer.

Ma voix est souple, ample, elle vient caresser les oreilles, elle est toute douce, même les animaux présents sont maintenant différents !

Invitation pour le voyage, il ne sera pas du tout comme d'habitude, voyage à l'intérieur de son soi, visite de tous les organes, apprendre à les écouter, les sentir, peut-être pour certain les voir !

Tous les éléments vivants sont mis dans un état second, cette ouverture est unique, un nuage de rédemption se pose tout doucement sur la foule, un très léger souffle vient activer le calme, plus aucun bruit ne vient accompagner le silence, il ne reste plus que ce petit bruit de fond sortant de ma bouche, il vient de nulle part, il sort en signe d'apaisement et guide tous ces esprits pour la mise en conscience !

La plénitude certes légère en plus de sa profondeur est le moment le plus agréable à prendre en conscience, et tout se passe, les antennes télépathiques de deux cent trois deux mille vingt s'invitent pour le voyage dans toutes ces âmes pour les soulager, libérer des chaînes de leurs vies.

Par mon organisation interne je vais pouvoir faire, le temps est notre allié et je jouis de ce passage, à ce moment … Point de suspension … Un animal m'appelle … Un (et oui encore …) Loup pris dans un piège.

- Viens vite m'aider, là je suis seul, et personne pour m'aider, il n'y a que tes mains pour me sauver ! Fais vite je perds mon sang …

- Je vole, j'arrive, la blessure est mauvaise, attends, je défais ce foutu piège.

- Mais je ne te vois pas

- Regarde ton piège maintenant, tu es libre ! Attends que je soigne ta plaie.

LIBRE SOULAGER RECONNAISSANT MERCI …

Une fois encore, et je n'arrête pas où que je sois, il y a cet appel, et je fais.

Ma télépathie me permet de faire des voyages hors du temps, de l'espace, mais il m'arrive sur un maigre pourcentage de ne pas arriver au bon moment, il est tellement minime, dans mon entourage, je ne suis pas sur le banc des accusés, là-dessus, le monde médical vient me demander de faire, de soulager, je vous le dis quand même : Dans trois régions différentes trois médecins m'ont donné un diplôme : « Vous êtes un Anti Douleur Ambulant ! »

J'avoue être touché par ces messages !

La masse de toutes ces personnes m'organise un super voyage, et mes guides tout à côté de moi me gratifient du travail en cours.

Je continue, je me fais plaisir, il est grand, je vais chercher encore un peu plus loin, j'aime, encore et encore, le temps mon copain me gratifie du plus.

Je sens et …

- Maintenant, vous allez revenir sur terre, reprendre votre conscience, tout doux, tout doux, prenons ensemble ce moment extraordinaire. Une bonne respiration souple, douce, inspiration par le nez, expiration par la bouche en poussant avec votre ventre, allez-y calmement, voilà c'est bien, très bien, et maintenant vous allez ouvrir vos yeux, voilà … C'est terminé ! Voilà ce que je pouvais vous donner !

Quand je vois tous ces yeux chargés de remerciement, de bonheur, cela me remplit de bonheur, et des multitudes de mains, bras, se lèvent, les bouches parlent et disent tous leurs messages de libération.

La journée ne sera pas suffisante pour écouter et répondre à chacun d'eux !!!

Dans ma position, je me trouve à plus de trente mètres de ce monde, je ne vois personne, je ne connais personne, je ne touche toujours personne, et je peux, sans le moindre déplacement, venir voir toutes ces vies dans leur intérieur, je suis séparé de mon corps physique et viens en aide à toutes les personnes, y compris les animaux, pour soigner, équilibrer, transformer le et les problèmes. Pour moi il n'y a pas de petits et ou grands problèmes ; il y a Le Problème, et je me donne un plaisir de l'arranger à sa manière…

Aujourd'hui au vingt et unième siècle je ne suis qu'un élément complémentaire de notre médecine contemporaine !

La découverte du Pourquoi m'ouvre La Porte de la réminiscence ! Et en toute humilité, je m'en sers tout simplement…

La Vie et oui je reviens dessus tellement Elle est omniprésente dans notre monde frisant la folie, tous les paramètres montent les aiguilles au rouge, si vous continuez encore la couleur rouge sera là pour terminer le travail fait en amont !

Les virus, pandémie, maladie, tout ce petit monde est patient, il prend son temps en sachant très bien la finalité …

Le plus amusant sont les conflits entre les puissances, elles sont comme toutes les classes considérées comme moyennes et nous allons avoir la Clef pour agrémenter leur devenir, et oui ils feront comme Nous, les fins de mois difficile, ils apprendront à manger les patates juste cuites à l'eau, tout sera si cher, le beurre sera fondu dans les anciens gros ventres repus tout au long de leurs orgies, ce sera amusant de voir les doubles-mentons disparaître, la graisse : fondue !

J'attends avec patience les questions du genre :

- Mais comment faites-vous ?

- Nous faisons ce que vous avez construit, dérangé.

- Bienvenue dans ce monde, le nôtre et surtout Celui du Demain, nos Enfants, nos Petits Enfants, regardez le pouvoir de l'éducation, de notre économie, que restera-t-il (voir un bon film : LE SOLEIL VERT !) Son reflet et bien c'est Vous qui l'avez bien construit …

- Comme la fable de Monsieur Jean De La Fontaine « La Cigale et la Fourmi » Vous Chantiez et maintenant Dansez ….

Ce jour, le Bon Jour sera le bon, mais en attendant construisons notre avenir, et il est bien vrai que nous avons un travail exceptionnel, en unissant nos connaissances, les possibilités de faire germer les bonnes idées, de trouver les bons Ingénieurs capables de faire évoluer ces idées, nous avons Tous notre petite différence en les mettant dans un bon bol comme si nous préparions une super Mayonnaise Mondiale les couleurs, les religions, les États, tout sera mélangé, tout sera homogénéisé, petite histoire de couleur :

- Un blanc dit à un jaune c'est nous les plus fort

- Le jaune lui répond : dans un œuf le blanc est plus grand que le jaune, et quand on mélange les deux … Quelle est la couleur dominante ???

La voilà la solution, personne n'a choisi ni sa couleur et encore moins sa religion, à nous d'en faire part à tous nos Autres !

Avec toutes ces théories Gandalf le Blanc est convaincu de l'immensité du travail à faire, il a une chance énorme c'est d'avoir eu l'Ouverture Exceptionnelle, son Papa lui a donné une clé, La Clef pour faire de sa vie son chemin, ce Cadeau est tellement ÉNORME et tous les jours donnés je gratifie de tout mon cœur Celui, Mon Papa qui est toujours à mes côtés, il est mon Guide favori.

Sa photo est juste à côté de moi sur mon bureau, et surtout son omniprésence est complète, entière, sa Chaleur inonde tout mon Être intérieur, la chance est avec tout simplement Nous, il est vrai que son départ a été pour moi difficile, mais c'est comme ça …

* * *

11

Mes voyages, nos voyages, notre Nous, tous ces vecteurs sont sur la couleur Verte, celle de l'espoir, de la naissance de notre végétation, vert où ? Vert tu …

Dans un autre temps, ce que je vois est extraordinaire, dans un pays illuminé par trois cents jours de soleil, il reflète sur les visages de ces autochtones, ils semblent bien dans leurs corps, leur peau hâlée frise la couleur brune, ils sont de petites tailles et tous leurs vêtements aux couleurs vives, là tous les mariages forment des arcs-en-ciel éclatants.

Dans leur société la cohabitation est exemplaire, le mélange est harmonieux, les riches sont riches, les moyens sont moyens, les pauvres sont pauvres et le point magnifique :« Personne » ne se plaint !

La mendicité est restée à la porte, dehors nous n'en voulons pas et n'en n'avons pas besoin, nous avons tous dix doigts, nos yeux, notre état créatif, et nous en sortons des objets sortants du commun, ils sont Uniques !

Trois cents jours de soleil et le reste soixante-cinq jours de pluie, écoutez bien : Pas une seule goutte d'eau n'est perdue.

Je parlais un peu plus haut de la couleur verte, et malgré les rayons brûlants du soleil toute la Végétation est Verte, luxuriante, rayonnantes les rivières (il y en a une : Elle est Sacrée !) roulent de bonheur comme un serpent argenté donnant sa clarté, elle est vénérée !

La hauteur des plateaux, des montagnes frise avec des sommets en donnant l'impression de toucher le ciel, donne le vertige de la pureté, voyant les enfants courant comme des jeunes cabris, ils sont heureux.

J'aimerais bien voir tous les pays dans ce partage entre hommes et terre !!

Eux, ont la sagesse, ils ont appris depuis la nuit des temps à se servir de tous leurs sens, Ils Vivent !

Les Esprits sont présents, ils savent les écouter, ils sont dirigés, ils suivent leur direction, ils sont heureux de ne pas se poser des questions inutiles, ils ont mille réponses en retour, symbiose.

Image : la capitale possède un golf de dix -huit trous en plein centre- ville …

La terre : une famille veut construire Sa maison, ils font avec des briques en terre la surface dont ils ont besoin sur deux rangées, une fois la ceinture fermée, ils en sont Propriétaire !

Pas de jalousie, chacun a Son bien !

Deux cents trois-deux mille vingt avec tous ces éléments cherche sa place dans ce magnifique théâtre et comme portés dans le mouvement en avant, se déplace, il met tous ses sens en position réception.

Le nom d'une ville surgie, il faut que je fasse la route, il faut que je foule ses rues, ses pavés, sa place centrale, vite Arequipa m'appelle.

Je suis tout à côté, je vois cette ville sur toute sa hauteur, une montagne a mis son chapeau tout blanc de neige, ça lui va bien, et le bruit de la rivière qui roule comme un tambour en invitation aux incantations venues de Très-Haut, loin : elles roulent dans mes oreilles, la mélodie est douce comme si j'écoutais du BACH, je suis heureux de ce choix et me laisse porter.

Une construction pas comme les autres, m'attire, je suis devant un immense portail tout de briques rouge foncé, une poignée martelée avec amour par un forgeron digne des plus grands sculpteurs me demande de la prendre dans ma main en la laissant tomber sur son réceptacle, un son plein d'amplitude résonne très loin derrière ce mur de bois, et : La porte glisse entre ses gongs pour donner une odeur de plantes aromatiques de pureté, et en voyant une magnifique forêt et toutes ses plantes, que du bonheur.

Une personne, simple, belle, souriante, traverse la cour intérieure, s'approche, me tend sa main droite :

- Merci d'être venu, nous vous attendions, vous avez fait une bonne route ? Voulez-vous boire quelque chose ? Vous allez voir du monde aujourd'hui, ils vous attendent …

- Mais

- Il y a longtemps, nous savions, Merci.

- Nous sommes comme une infime partie de votre vous, nos puissances cumulées sont notre moteur, notre énergie, notre rôle sur terre, j'arrête de vous saouler avec mes bavardages, la boisson rafraîchissante est prête.

Je n'ai rien vu, rien entendu, et je me retrouve devant une belle table bleue avec ces petites choses déposées avec grande féminité !

- Merci pour votre accueil, je suis très touché.

- Ce n'est pas grand-chose par rapport à votre venue.

- Mettez un peu plus de modestie, je vous prie !

- Mais rendez-vous compte de l'importance de votre présence, nous aussi nous avions soif de boire vos paroles, votre sagesse, sans parler de votre Lumière omniprésente, vous la portez si bien.

Je me, nous nous, sommes au pied des marches de cet escalier virtuel, il va nous faire monter, gravir ses obstacles dans un but libératoire, c'est bien tout cela, le but à atteindre, mais … Le temps on aimerait le raccourcir quand tout est bien, et l'accélérer quand tout va mal, il me semble que je me répète, mais ce n'est pas moi qui l'écris, c'est mon cerveau, il est le responsable !

En attendant, je suis là et c'est parfait, le début des hostilités commence bien, j'ai grande hâte de donner, parler, informer, donner le sourire aux personnes présentes, je vais moi aussi apprendre, car nous sommes tous complètement Uniques et là c'est bien augmenter ses connaissances !

Après cette mise en bouche bien agréable, je suis celle qui est mon guide « Catherina » une bonne cinquantaine de mètres, et un amphithéâtre extérieur tout de pierres vêtues, les rangées sont habitées de multitudes de personnes avec leurs habits colorés, quel plaisir !

- Bonjour à vous tous, nous avons l'immense plaisir d'accueillir une personne venant de très loin, je vous présente : Gandalf le Blanc.

Applaudissements. (Avec un S)

- Merci de votre présence, nous allons nous mettre tous ensemble en connexion. Nous allons tous nous porter ensemble, ne cherchez pas de solution et encore moins de questions, Je vais vous emmener dans l'autre monde … Ce dernier fait entièrement parti de nous, je vais vous ouvrir la porte, Votre Porte, cette dernière sera votre Propre vous, surtout pas de comparaison, nous sommes Uniques ! Donnez-moi juste le temps de me mettre en connexion avec chacun de vous tous.

Ma calculatrice est en panne, je suis obligé de compter de tête, c'est amusant, bien sûr je n'ai pas le droit à l'erreur !

Rangée par rangée le jeu est amusant, votre nombre est impressionnant c'est une belle performance !

Blocage … Énorme … UNE Personne … troisième rang, huitième place de gauche à droite …

- Levez votre main je vous prie … Oui c'est bien vous … venez à côté de moi.

- Cette personne est essentielle, le pouvoir est énorme, sa force surnaturelle, Elle sera mon cerveau droit, celui-ci est Exécutif !

- Non, je n'ai pas besoin de votre nom, prénom, âge, d'où vous venez, puisque vous êtes Là et je vous en remercie.

- Vous Gandalf le Blanc ça fait des lustres que je suis sur vos pas, votre trace, il y a déjà très longtemps, le nombre des kilomètres c'est juste pour les Humains, nous ce n'est pas notre problème, nous somme différents, et cette journée sera à notre hauteur, la récompense de la patience, de sa construction. Toutes ces personnes présentes seront les acteurs, spectateurs et récepteurs des moments à venir. Gratitude pour vous Gandalf le Blanc.

Soupir, respiration, prise de conscience des paroles prononcées, le huitième de la troisième rangée est tout simplement Lui.

MERCI.

Préparation, connexion, attribution, mise en place, encore un plus, c'est presque parfait.

Une personne résiste, ne coopère pas, je tente encore de la convaincre, son refus devient catégorique :

- Vous, (Je la montre de mon doigt !) quinzième rang, onzième place de droite, Oui vous, je vous demande sans mot dire de quitter notre séance maintenant, tout de suite, je vous attends … Faites … Maintenant …

J'ATTENDS …

Mon regard devient dissuasif, il n'y a pas d'erreur, il Faut !

La personne enfin se lève, son regard aurait pu tuer bon nombre de nos tous, mais Celui qui est à mes côtés a pris en main ce désordre.

Je lui donne mon œil approbateur en signe de remerciement !

Je reprends

Tout va bien maintenant, comme pour la lancée de la fusée magique, le compte à rebours :

Dix-neuf, huit, sept, six, cinq, quatre, trois, deux, un, zéro. Et c'est Parti !!! Les on, partent de tous les côtés, les connexions sont établies, nous frisons le délire, Moi Gandalf le Blanc je suis parti de mon corps, je suis en transe, je suis partout presque à la fois, je capte, écoute, regarde, sens, rentre dans tous ces corps, je n'ai pas besoin de frapper à la porte, elles sont toutes ouvertes, je donne à qui mieux-mieux ce message, le celui qui sera le Guide personnel pour tout à chacun, je vole, je transmets, je suis devenu complètement fou, de plaisir de courir, de voler, tout mon corps physique est couvert de frissons, ils sont amusants, et je sens le vent souffler un peu plus fort, il me donne des ailes, ces dernières sont absolument Immenses ! Quand j'étais jeune enfant j'aurais bien aimé faire les montagnes russes, et aujourd'hui Je Peux et Je fais quelle jouissance, je crie, je hurle, mes yeux sont grands ouverts … Je suis au paradis de donner à toutes ces personnes C E MESSAGE …

Donnez la PAIX donnez l'AMOUR donnez le PLAISIR donnez l'UNISSON …

Nous avons tous le même but, partagez ce dont vous êtes les propriétaires pour remplir les vies de ce dont nous ne sommes pas conscients et Là nous allons grandir, prendre LA VIE à pleins bras, et belle manière de dire au revoir aux Guerres, aux Religions, au Conformisme, aux Différences (nous sommes tous dit faire ans !) Donc au lieu de nous Battre pour ce foutu Fric, Construisons sans modération.

Voici vos, mais sages à vous de diffuser, de faire comprendre, et surtout donnez-vous le temps, transmettez à vos Enfants qui le feront à leur propre descendance, Là Nous pourrons vraiment GRANDIR ….

Dans cette arène il me suffisait la présence de deux antagonistes, une erreur ? Non juste l'équilibre !

Positif Négatif Donner Recevoir

Prenez ces quatre mots mettez-les dans le désordre, touillez bien et ils sortiront chacun de la boîte magique …

À ma première pioche je tombe sur le négatif, amusant et pourtant présent, et bien nous allons y jeter un œil.

Cette personne corporellement rien de plus ni de moins, elle est normale, son visage nous dévoile quelques traits significatifs ! Lèvres fines serrées, ne voulant lâcher que des mots désagréables, elle fait sortir son mal-être intérieur, et ses paroles ne sont pas claires, comme si ce n'était qu'un murmure, subjectivité amoindrie, son regard en dit long, les yeux vers le bas de peur de faire sortir la vérité, surtout sans le moindre regard à son interlocuteur, son menton est baissé, elle a dû faire tomber un truc parterre, mais ne le trouve pas, il n'y a rien ! Ses épaules sont fermées, serrées, elle n'a pas retiré son porte-manteau !

Devant ce tableau, il n'y a rien d'encourageant, et pourtant il faut bien lui faire cracher le morceau …

Je suis face à elle, mon regard plonge dans cet abysse pour vraiment essayer de percevoir, rien ne sort.

- Pourquoi êtes-vous ici ?

- ……….

- Vous ne connaissez pas ce mot ? Franchise ?

- ……….

- Votre place, pourtant vous l'avez bien choisie, et vous (je plonge mon index droit sur Elle) votre rôle ? J'attends une, votre réponse.

- Regard, (si je n'étais pas dans ma bulle de protection, je serais mort sur place.) Une sorte de bave sort de sa lèvre inférieure, ses yeux sont en train de parler, sans mots dire ! (Là une lumière de forte intensité vient frapper son visage.) Et enfin : vous êtes … VERITE.

Elle a parlé, je l'inonde de cette lumière, je mets une bulle de sécurité tout autour de son frêle corps, elle se touche, elle ne connaît pas, elle reste interdite.

Métamorphose

Mes guides me disent : Merci, tu as fait un sacré boulot …

Sa surface corporelle est modifiée, elle ne se reconnaît plus, elle ose, se rapproche, tend son bras droit, ouvre sa main et tout doucement, elle la pause sur la mienne, il se passe une chose, la plus surprenante, Ma Main lui donne une chaleur que Jamais elle n'avait reçue !

Son regard est maintenant doux, agréable et convivial ! Elle vient se blottir contre moi, et je ressens de la chaleur qui sort par tous ses pores, comme si elle était complètement nue !

- MERCI …

Je lui pose mes deux mains sur ses épaules et :

- Maintenant vous avez votre mission à accomplir, sans la moindre modération, nous sommes en contact permanent, bonne route à vous, allez …

Rien à dire, tout à faire.

Les mots écrits en amont se sont bien mélangés et vont trouver leur utilité, comme quoi tout est possible à qui veut bien l'entendre, et en prendre conscience, ouverture.

J'en connais un qui se marre tout seul !

C'est l'autre !

- Tu l'as bien eue !

- Verbe incorrect, la finalité est bien plus importante.

- Et voilà, juste trois lettres et tu réagis comme un gamin sans réflexion, tu me déçois !

- Tu es susceptible, ce n'est pas croyable, allez soyons sérieux maintenant !

Je ne vous le présente pas, car vous avez compris la personne présente dans le positif, et je le connais presque par cœur, il fait partie de Ma vie depuis fort longtemps, sa présence à ce jour est pour moi une immense gratification, j'en suis honoré !

- Ce que tu as construit, fait pendant cette méditation profonde, et bien c'est pour moi la première fois, jamais je ne suis allé si loin dans les profondeurs de Tout, un voyage hors du commun, mais où vas-tu pour chercher si loin ?

- Je suis la personne utilisée pour encore Donner et tu vois bien ça fonctionne !

- Je te remercie, mais quelle humilité de ta part !

- Ça sert à quoi ? De dire : « Moi Je » ? À Rien. Je suis simplement vecteur et ça j'aime beaucoup ! Maintenant j'attends des compléments d'information, car ma route est encore longue, pour aujourd'hui je suis bien.

Nous sommes dans une ville parlante avec toutes ces personnes, à la sortie de cet amphithéâtre les, des gens, personnes, attendent, elles veulent, elles demandent, elles sont très patientes, je les admire.

Porte ouverte, toucher, regard, essence de vie, joie de communiquer, profondeur, chaleur, lumière, visage. Tous ces mots avec une immense lettre Majuscule : « S » !

Être l'élément de transmission porte toutes les puissances permettant de donner l'équilibre, notre monde est posé sur un château de sable, aucune stabilité ; des chercheurs cherchent la tournure à prendre à faire, à nettoyer les embruns, les nuages (citation : « ne pas mettre les nuages de demain devant le soleil d'aujourd'hui ! ») Mais nos chercheurs ne peuvent pas penser à tout, la solution réside en ce côté individualiste de trouver sa propre solution, notre cerveau est pourtant bien présent dans notre corps, sa place n'est pas la meilleure, elle est en retrait, pas grand monde s'en occupe, et pourtant …

Notre confinement me donne une forme de sourire, car il cache les profondeurs de ces abysses, elles sont trop loin, profondes, prendre le temps d'aller y jeter un petit coup d'œil serait déjà une manière de mettre le pied dans l'étrier, Mais …

Prendre les idées des autres, supplier de l'aide, alors que nous ne faisons même pas Confiance en Nous ! Le simple fait de mettre la peau de banane devant nos yeux nous referme, cette position est regrettable !

On me demande de faire ce quelque chose, dans ce monde de folie, mais je ne suis qu'un humble messager, et je ne porte pas toute la terre avec le cadeau de ma vie !

Oui, On me dit, on me conseille, on essaye de me diriger, ON ON ON ON ON !!! Mais je ne suis pas seul … Au monde …

À ce moment présent, il se passe une chose, pour Gandalf le Blanc c'est une première :

- Nous sommes tous là avec Toi, pour unir toutes nos Forces, nous allons envoyer nos Energies notre Lumière, notre Puissance, ce combat sera tout simplement le Notre !!!

Ces témoignages imprégnés dans mon cerveau me transforment, mon moteur est maintenant capable de faire tous les petits plus de projection dans la condition humaine.

Le pays où je me trouve est d'un seul coup le porteur de mon état, après ce soin collectif je suis porté dans une dimension hors du commun, toutes les personnes me demandant de poser simplement mes mains sur eux me transmettent leurs capteurs énergétiques, (Eux me transforment !) Je ressens cette chaleur, pénétrer tout au fond de mon pauvre corps (il est passé par des épreuves importantes !) Mais il est Toujours Là !!!

Je vous donne mes chers lecteurs une image, celle de ma modestie, mais bien présente, la photo de couverture est juste le reflet de : Celle de l'Homme Lumière …

Je fréquente tout, les paramètres des moins, des plus, des mauvais, des bons, et tous ces mélanges sont instructifs, ils m'apprennent d'une part l'écoute, la compréhension, et comme depuis fort longtemps le verbe « Juger » est sorti de ma pensée et de ma philosophie !

Je m'amuse au contraire à créer des joutes psychologiques amusantes, du genre :

Lorsque j'enseignais l'équitation, j'ai choisi dans mes tiroirs cinq personnes

Un Médecin Un Gens du voyage Un magrébin Une comtesse Un Monsieur Tout le monde …

Après cinq mois de travail studieux …

- Voilà cinq mois où nous avons très bien travaillé et je vous propose, si vous voulez changer de « Reprise » (groupe) il n'y a pas de problème.

Réponse collective sortie avec un ensemble parfait :

- Non, On s'entend trop bien !

Comme quoi le Classement sert uniquement à certaines ouvertures bien fermées des personnes !

Parenthèse provisoire déplacée !

Comme écrit dans quelques- uns de mes livres le paradoxe des Autres appelés Eux me donnent une forme de sagesse dans laquelle je puise toute mon énergie.

Le nombre de personnes dans ce pays fait comme tous les fils de toutes tailles où chacun à sa place, sans quoi ils n'auraient aucun rôle dans la construction de cette Toile D'Araignée ! L'image est magnifique et je me régale de faire la lecture dans leurs cerveaux, et tout est dit, rien de caché, il est vrai que dans certains cas, des personnes cachent, voire mentent, et le boomerang aura le plaisir de renvoyer en pleine face la simple vérité. Ça fait très mal ! Mais mérité !

Les différences entre les ethnies sont magnifiques, les cultures montrent toutes entre le bien et le mal, leurs comportements, des pays rationnels et d'autres irrationnels, entre les deux les ravins et sommets vertigineux prennent leur place !

Regardez l'homme devant un obstacle ?

Il va Essayer de l'Eviter !

Mince derrière il sera encore plus Haut, Dur à franchir !

Cerveau aide moi …

Voilà un des changements de notre monde, et les peuples considérés comme « Primates » rigolent bien de voir que , pendant ce temps, Ils sont en Equilibre, et n'ont besoin que de ce qu'ils prennent ; eux ne jouent pas avec les « PLUS », ils n'en ont pas besoin !

Voilà une image du pays où je suis en ce moment, et ça me laisse rêveur, voilà je viens de trouver une mission « Unifier »

Dans ce contexte j'ai une grande chance, car la clarté d'esprit est ouverte au bon degré, et finalement ce sont Eux mes enseignants, ils forgent mon esprit dans la conscience du Vrai, de la Raison, et ils me surprennent : avec eux tout est simple, limpide, comme une rivière qui roule, coule, transporte avec le besoin de nettoyer toutes les pierres de la vie, la boue de nos pensées, les arbres violemment arrachés, et une fois le ménage terminé, regardez sa limpidité, elle rayonne pour donner tout son potentiel, et croyez-moi elle en est très bien garnie !

Imaginez, dans les temps anciens lorsque des hommes viennent construire une voire des maisons ils ne viendront pas n'importe où, ils choisiront l'endroit Où il y aura de « L'EAU »

Sans elle : PAS DE VIE !!!

Le temps dans ce cadre est vraiment mon allié et en puisant, en enfouissant toutes ces vérités je me pose la question :

- Je suis bien Ici.

Gandalf le Blanc

- N'oublie pas tu as une mission, les vacances seront pour plus tard, je te le promets !

La raison est bonne, je remonte mes manches et c'est reparti.

Je m'offre une bonne extension (temps !) en continuant le rôle, et je commence mon plan, celui-ci sera une image importante (lumière !)

* * *

12

Défi, challenge, gagner, aller vers l'avant, ne pas baisser les bras, comme Don Quichotte de la Mancha, combattre voilà le programme !

Le début devrait être simple, mais la société se fait un plaisir d'épicer toutes ces journées d'agréments perturbateurs, et c'est le cas !

Rentrer dans cette nouvelle vie est mon dévolu, le choix de mes parents biologique est fait, le lieu de naissance est choisi, encore une chose importante le choix du jour, mois, heure, année tout est bien programmé et tout se déroule comme prévu !

De revivre ma naissance est une chose impressionnante, de passer d'un état aqueux à l'état oxygéné en est un autre, et tout est explosion : Lumière, ouverture des poumons (brûlure !), le bruit (de tous les côtés) et une poussée venue de l'intérieur : elle a l'air de dire, mais sort maintenant !

Et voilà, je suis là …

Pressé je l'étais, j'ai bien choisi mon heure, car je suis né avec cette précision recherchée pour avoir avec un de mes frères avec exactement un an et une heure d'écart !!

Pourquoi Gandalf le Blanc c'est simple, je suis cette image, je suis le fils de mon Papa avec le cadeau suprême qu'il me fait : La magie de Ses Mains, gonflées à bloc de Magnétisme et bien ce cadeau j'ai appris au quinzième anniversaire à m'en servir !

Depuis ce n'est que du bonheur … !

Ce sont les chevaux considérés comme le meilleur ami de l'homme (mais pas toujours) pour votre serviteur ce fut le cas, et j'ai commencé par voir, déjà une analyse exhaustive de qui ils sont, puis arriver à lire ce dont ils ont besoin, et de faire surtout du cas par cas, comme pour les humains ils sont tous complètement Uniques !

Le côté sensitif, est un atout énorme, j'apprends à m'en servir, à puiser au plus profond des possibilités, creuser plus profond, en bref je suis en train de lire ce qui est vivant dans tout son intérieur !

Je jubile avec émotion, et grand plaisir, le fait de prendre contact avec tout ce petit monde m'amène dans le monde du « Musée des Merveilles ! », les moindres petits détails sont pour moi des Découvertes extraordinaires, et elles forment mon enrichissement certes millimètre par millimètre, elles sont ce qui deviendra mon expérience !

Mon premier (soin) :

On me confie un club, je suis le nouveau moniteur, j'ai vingt ans, et je découvre. On me fait les présentations, les équipements, et tout et tout. Je suis heureux et impatient !

L'après-midi je trouve un bon vieux tabouret (très bon signe !) et un par un je vais dire bonjour à tous les chevaux confiés, je rentre dans le box, je m'assoie dans un coin, et je regarde, j'attends, j'apprends c'est une bonne école !

Puis il y en a un qui a une salive qui ne me plaît pas, je me lève et de manière automatique (sans le moindre enseignement !) je vais poser quelques-uns de mes doigts sur des points bien précis, et tous les jours j'ai choisi le matin, car c'est le bon moment, et le temps passe, les mois aussi et un jour … Une personne pour moi inconnue vient.

- Bonjour, je suis le vétérinaire de cette écurie. Et vous … ?

- Je suis le moniteur.

- J'ai une question à vous poser, que s'est-il passé sur ce cheval Volcan ? Il est atteint d'un cancer de la langue …

- Ouah et moi je suis ici depuis six mois et jamais je ne vous ai vu soigner ce cheval, il est vrai qu'un cheval de club ne paye pas comparé à un cheval de proprio !

Ça s'est dit …. Les clients présents ont une bonne opinion sur la personne !!

- Le veto : Mais qui s'en est occupé ?

- Vous Monsieur vous ne vous en êtes pas occupé, et bien moi tous les jours pendant quinze à vingt minutes je l'ai fait !

- Le veto : En six mois j'ai fait des examens, et Monsieur tous les résultats sont surprenants : Il n'a Plus le Cancer !

Pour une première, c'en est une, je regarde mes deux mains, mes dix doigts et je leur dit :

- Nous sommes bien partis pour de belles aventures…

Je suis parti. La conquête de mon espace, de mes envies et voire plus !!!

Cet espace est le mien et je gratifie la vie ! Le matin en me levant je sais déjà que je vais passer une bonne journée, cette essence est un bon dénominateur, je l'utilise comme je le sens et chose amusante le soir, juste avant de fermer mes yeux dans le sommeil, je fais tourner le film de ma journée en rétro, et verdict … J'aurais pu faire ça autrement, ça m'apprendra (fait) et sans cela je suis content de l'ensemble de cette journée, et ce que je viens de vous confier est réitéré tous les jours.

Dans mes nouvelles fonctions, je me fais l'immense plaisir de construire tout un plan d'organisation, je me suis installé sur ma grande table en bois et je pose :

Tant de chevaux à travailler, je préfère le qualificatif Eduquer, donc plage horaire d'organisation … Les cours (reprises) de telle heure à telle heure, pause sieste (obligatoire) quand c'est écrit, je m'aperçois de l'étendue des heures ! En gros levé à quatre heures trente, de cinq à neuf heures travail des chevaux soit quatre chevaux par jour, divisé par vingt et un voyez ce ballet, retour café pain grillé confiture beurre cigarette retour au Club House, répartition chevaux et cavaliers, neuf heure trente vie du moniteur …

Je commence à me faire connaître, les autres clubs à proximité viennent voir, écouter pendant les reprises et viennent de plus en plus, pour comprendre !

- Quand travaillez-vous vos chevaux ?

- Il faudra vous lever de bonne heure !

- Mais … !

- Je vous ai répondu ! Et en plus je monte tous mes chevaux en extérieur, c'est tellement mieux comme ça !

Je travaille avec un plaisir non calculé, chaque moment est du pur bonheur, les chevaux ont une acceptation extraordinaire, je jubile, je trouve le petit truc pour ouvrir la porte, et les progrès arrivent tranquillement, mais bien utilisés !

Ma cavalerie une fois dehors, en reprise, en extérieur, en dressage, en sauts d'obstacles donnent l'impression de faire un grand jeu, et tous les petits problèmes trouvés en amont ne sont plus que des souvenirs !

Surprises pour tel ou tel cheval ayant des problèmes, ils ont changé. Mais comment fait-il ?

À ma surprise quelques mois après mon arrivée j'étais en train de préparer un cheval, et j'entends un bruit de porte !

Un mec rentre et :

- Je ne vous dérange pas, ça fait longtemps, je voulais vous voir, comment ? Pourquoi ?

- Vous êtes le moniteur de quel club ?

- Comment savez-vous que je suis moniteur ?

- Vous ne croyez pas en vous, nous voyant tous venir glaner telle ou telle information, je sais lire dans vos intérieurs, l'extérieur de vos corps ne sont qu'une image, votre vrai vous est Dedans.

- Puisque vous êtes là, allez me préparer tiens celui-là et attention j'ai horreur de voir de la paille dans la queue !

- Nous allons partir en extérieur, et je vais Voir … !

Il n'a pas eu le temps de dire ou de penser « je n'ai pas le temps », je pense qu'il était trop content de ce partage !

Le jour pointe le bout de son nez il est à côté de nous, il monte pas mal, mais sa main est dure, il veut Commander, là est une erreur énorme, je vais commencer par :

- Prenez juste vos deux rênes entre vos pouces et index. Trop de poids, alléger encore, une chose que vous ne savez pas : ce n'est pas vous qui allez Imposer à votre monture ! Vous allez apprendre à vous Marier avec votre monture !

Nous sommes dans une magnifique allée peuplée de peupliers, c'est tout droit,

- Fermez vos yeux, oui comme ça, et maintenant sentez tout ce qui se passe sous votre selle, vos fesses, vos jambes, vos bras, votre tronc, vos mains, rapprochez-vous encore plus, vibrez, sentez, ne faites qu'UN …

Et voilà une bonne petite chose de faite, et comme par hasard sa main a changé, elle est en accord avec la bouche, et l'encolure dans un magnifique accent grave, et le regard de son cavalier,

- MERCI ….

L'équitation est un vrai mariage, ce n'est pas une imposition, Je Suis le Maître, erreur, l'écoute, le sentir, Le nous allons bien nous amuser à faire grandir nos connaissances, et les résultats montreront le bout de leur nez !

Un jour j'étais avec une petite jument, et tout en haut d'un grand pré : blocage … Je cherche à comprendre son comportement et je ne trouve pas ! J'achète un bon paquet de patience et je fouille dans les pensées de ma monture, nous avons le Temps, et petit à petit je commence à sentir, le bouillonnement monte, nous ne sommes pas loin, même très près et la solution sort comme d'un chapeau magique … La récompense est magnifique, je mets pied à terre, la selle, le filet enlevé et Liberté !

La mémoire, les mémoires sont super, car Gandalf le Blanc a tout rangé dans son escarcelle, elle est toujours là !

Au fur et à mesure de tous ces petits trucs sortant de leur bon vouloir, les échecs et gains s'amusent bien, provoquer le Fond, l'essentiel, les chevaux de toutes sortes s'amusent car ils ne savent pas encore jusqu'où nous allons aller, et de surprises en surprises, le soir je quantifie et je me considère comme un homme heureux !

On vient me solliciter pour l'éducation des chevaux, mais personne n'a pensé à faire celle de leur cavalier !

Quand je vois arriver des (pseudo) cavaliers déguisés avec le tutti quanti qui me disent :

- Bonjour Monsieur pouvez-vous me prêter un cheval, pour vous montrer mes connaissances équestres ?

- Mais certainement. Vous allez me préparer ce cheval, il s'appelle Hidalgo, brosse, cure pieds, et je ne tolère pas le moindre brin de paille dans la queue.

- Mais … Vos chevaux ne sont pas préparés ?

- Comme cela vous aller commencer par me montrer vos capacités, allez faites maintenant.

Les clients présents ont assisté à la mise en scène, et leurs visages sont éclairés par des sourires ! Vingt bonnes minutes après, nous voyons ce mec sortir avec ce merveilleux petit cheval, il est vrai ses traits extérieurs ne sont pas comparables avec les Pur-Sang des estampes, mais oreillard, double croupe, encolure d'un étalon, et son mètre quarante-neuf tout cet ensemble cache le moteur d'une Ferrari !

Je m'approche et regarde les harnachements, son état de propreté (du cheval) et dévisage LE cavalier :

- Vous avez une cravache ? C'est pour vous ? Ou pour mon Hidalgo ?

- ……….

- Vous savez, il n'aime pas du tout cet instrument. Mais vous avez aussi des éperons ? Oh lala il en a horreur, mais vous verrez bien.

Entrée dans le manège couvert, toutes les personnes présentes forment un magnifique patchwork de couleur devant la grande porte.

- Bien montrez-nous ….

Le mec re-sangle, règle ses étriers et monte. Première erreur il prend fermement les rênes (nous sommes bien d'accord sur l'inutilité pour un cheval à l'Arrêt ! ça ne sert à Rien !) et enfin serre ses jambes (avec les éperons !!!) Cela favorise une croupade digne du CADRE NOIR DE SAUMUR ! Et notre pantin fait tomber tout son haut du corps sur l'encolure !! Et là coup de cravache sur la croupe, bingo. Levade (élévation de toute l'avant-main) …

La tenue hors classe commence à se défraîchir et nos sourires habillent bien la situation !

Phase dressage : j'ai honte de prononcer ce mot, mais le reculé est transformé en acculé, la main de fer dans un gant de velours est restée dehors, une action faite donne une réaction, et dans ce cas on arrête l'Action ! Et ainsi de suite, Je suis écœuré, et je rentre dans cette arène :

- Bien maintenant je prends le commandement, faites un nœud sur la renne de bride, raccourcissez vos étriers de trois trous. Vous savez sauter ?

- Bien sûr je tourne en compétition Nationale.

- Nous allons voir ça.

J'installe deux X en plein milieu du manège et

- Venez- y au trot dans tous les sens que vous connaissez.

Je regarde, je reste dans le déni. Je transforme les X en droit et

- Montrez- moi toutes les options que vous prenez en compétition.

Bon, des classiques sans la moindre prise de risque, platitude.

- Passez- moi ça au trot, et je monte la hauteur sur un mètre ?

- Non au Galop !!!

- Je dis à mon copain Hidalgo : tu es d'accord pour le sauter au TROT ?

Et Il saute au trot, les talons du cavalier viennent piquer ses fesses avec ses bons éperons !

- Vous voyez comme c'est bon un bon coup d'éperon dans votre auguste fessier ?

- Bien fait pour vous !

- Et ainsi de suite !

- Je construis un magnifique obstacle large Oxer (deux barres devant et deux barres derrière) hauteur un mètre vingt ! (Je vois son regard changer !)

- Bien venez dessus au Galop.

Avec une olive il aurait pu fabriquer un litre d'huile, petit à petit je lui fais comprendre, et il comprend, Un saut, Hidalgo exceptionnel, il est quinze centimètres au- dessus de l'obstacle

- Maintenant sans modifier le galop et sans ralentir, venez me le passer deux fois une fois en montant et l'autre en descendant. Allez.

Vous auriez entendu ce silence, il y avait juste la respiration de mon TONTON (C'est son surnom qu'il aime bien !)

- Maintenant vous allez le sortir pour le sécher.

Nous avons partagé avec tout ce petit monde présent, la mise en situation, et c'était bien productif !

Retour, rentrée dans la cour du club.

- Vous me le bouchonnez bien.

Une fois fini.

- Je vous dois combien ?

- La première dans mon club c'est un principe, pour tout nouveau Client, elle est offerte.

- Monsieur je vous remercie.

Et IL s'en va. Six mois plus tard, je vois un mec arriver, même sans son costume de clown je le reconnais tout de suite.

- Monsieur je suis venu vous remercier de La Leçon que vous m'avez donnée, j'ai écumé Tous les clubs de la région et Vous Êtes Le Seul à m'avoir tout simplement remis en place. Puis-je prendre une inscription dans votre club ?

- Bien sûr venez dans le bureau.

Je me suis régalé, nous nous sommes régalés et ses progrès ont été déterminants dans son évolution.

Au fur et à mesure de tous ces travaux quotidiens les résultats montrent le bout de leur nez, les cavaliers se font un plaisir de venir user les fonds de culotte sur et dans le travail de mise en selle appelé dans ce monde le « Tape-Cul » et il me vient encore des milliards d'idées pour penser à tout ce petit monde …

Il y a ceux qui veulent de l'équitation académique ! Ceux qui veulent de l'équitation verte ! Ceux qui ont la maladie de la sautomanie ! Et tous les autres, ceux qui travaillent toute la semaine, le week-end étant réservé pour les courses, le ménage, repassage, jardinage et la Vie de famille ! Je fais mes plans en prenant le temps !

Planning déjà bien rempli, j'obtempère et voilà le résultat :

1

Pour ceux ayant bien des charges d'occupations : REPRISE NOCTURNE de vingt heures trente à vingt-deux heures ... et petit moment de détente !

2

Pour les Verts un week-end randonnée en commençant par une journée, départ à Neuf heures tous les chevaux seront sortis, la bonne camionnette HY assurera le repas froid, les cordages pour les chevaux, et le tout dans une ambiance détente !

3

Pour les Sautomates, il y aura en premier le début des concours hippiques sous forme d'entraînement avec le choix des lieux de concours, ce sera sur un week-end.

4

Pour les plus grands Sautomates nous commencerons par les concours dit Nationaux ceci sur un

Week-end avec le même principe du choix, et de la répartition des chevaux !

Une fois le beau tableau d'ardoise a changé d'orientation avec des lettres magnifiques, les couleurs pour chacune des options, et une grande réunion générale de tout le club qui fera parler énormément de tout le monde !

Il y aura les Pour et les Contres, ces derniers seront minoritaires, car le mot Habitude aura changé !!!

Dans les personnes fréquentant mon club et ben vous ne savez pas, mais il y a des … Journalistes !!!

Tous ces programmes avec les feuilles d'inscriptions, les réponses à toutes les questions fusent de tous les côtés, la soirée sera longue, mais pourtant chacun aura son sésame, et la Vie étant modifiée il restera à Gandalf le Blanc à Assumer, ce n'est pas un problème, il va simplement puiser dans son être de Lumière pour un bon équilibre, tout prendra sa place, et ce monde environnant a complètement modifié d'une part sa nouvelle position(personnelle) et Son rôle au sein du club, et d'autre part le nom d'une de ces journées (club) prend une physionomie différente !

La mise en place de ce programme se réalise exactement comme la préparation d'une bonne et géante mayonnaise, tous les ingrédients sont préparés, il ne reste plus qu'à mettre la main à la pâte !

Toujours en fonction de la disponibilité de tout ce petit monde j'organise, quelques éléments d'avant et les nouveaux groupes du premier coup d'œil ont cette agréable surprise et le sourire est présent !

Les bons groupes dans les bonnes classes, je ne vous cache pas l'immense plaisir ressenti et l'évolution se fait sans la moindre précipitation, mais avec l'image de la construction des pyramides (elles sont d'une solidité inébranlable !)

Et ....

La première Nocturne : alors là, on voit arriver les cavaliers, surpris et en attente de voir ce qui va se passer, ils sont comme des enfants (petits et grands) devant un gros gâteau plein de chantilly, mais ne peuvent pas encore le prendre !

Préparation des chevaux (je suis toujours aussi exigeant) et rentrée dans le manège. J'ai trouvé dans un coin une vieille chaîne stéréo et l'entrée est en musique avec un bon slow, (surprise !) J'ai préparé quelques jeux pour la mise en bouche, la décontraction est totale, assouplissements amusants, positions complètement différentes, au trot face à la croupe et comme c'est un sur trois, les cavaliers se volent et ils ont le droit de parler ! Ceci n'est qu'une image, le pas trop de galop pour finir sur une petite barre (j'avais préparé un truc) tout le monde a sauté Tous ensemble (la, les barres faisaient toute la largeur du manège) …

Retour aux écuries, soins habituels et petite surprise dans la salle du club house où une boisson était préparée !

Vingt-deux heures trente tout était fait, tout a été dit, et retour pour tous …

Problème ? Non … Mais la mèche pour allumer la flamme a bien fait son travail ; car dans cette première reprise il y avait mes deux journalistes … Deux jours après dans les journaux un article était écrit, plaisant, complet, et surtout avec un brin de plaisir d'avoir été les acteurs de cette nouveauté à diffuser sans modération …

Si bien que Monsieur le Président organise une réunion avec tous les membres du Bureau. Avec à l'ordre du jour (il est unique !) les reprises nocturnes !

La réunion a eu lieu une semaine après.

Comme d'habitude, mise en place des tables et chaises, chacun à sa place, et notre cher Daniel (le président) prend la parole :

- Bonjour et merci de votre présence, et l'ordre du jour est important. Gandalf le Blanc a pris l'heureuse initiative de créer une reprise nocturne. Et comme moi vous avez dû voir les articles dans les journaux. Avez-vous des remarques à formuler ? Qui prend la parole ?

Une main se lève franchement !

- Moi Daniel, Gandalf le Blanc, je n'avais pas prévu de venir, mon travail prend une bonne partie de mon temps, et sur le retour, je vois des lumières en passant et je me suis dit, mais que se passe- t-il ? Et je m'arrête. Le spectateur que j'étais est resté bouche bée, et franchement je dis haut et fort Merci à notre moniteur. Voilà ce que j'avais à dire. (Un clin d'œil est arrivé droit sur mes yeux !)

Une autre main se lève, elle n'a pas la même motricité, plus molle, mon regard se glisse sur cette personne et comme je l'avais déjà dans mon collimateur ma pensée me dit que va-t-il sortir ?

- Moi je trouve que de faire travailler les chevaux la nuit c'est anti-conforme au respect des animaux.

Je prends la parole …

- Alors là vous n'y connaissez rien, vous avez une manière de dire des choses inconnues et je vous demande aujourd'hui devant tout le monde de venir suivre mes cours d'hypologie une fois par semaine, et après un bon mois vous reviendrez avec une manière de voir complètement différente.

- Moi le président, je suis entièrement d'accord avec Gandalf le Blanc, avec sa sagesse, ses compétences sa raison. (En regardant celui qui n'est pas d'accord) je vous prie de respecter notre moniteur.

Ses yeux se sont baissés, ses épaules sont tombées, le râleur est touché comme si nous jouions à la bataille navale, et c'est bien comme ça !

- D'autres questions ?

- Main levée, j'ai bien réfléchi à cet ordre du jour, et je pense d'une part qu'il faut pour le dévouement de notre moniteur un dédommagement financier, car ses heures de présences, d'implications sont énormes, en pensant qu'il ne reçoit que le salaire pour les trente- neuf heures par semaine. Et d'autre part pour la détente avec cette reprise nocturne, du jamais vu. Donc je suis pour continuer, qu'en pensez-vous Gandalf le Blanc ?

- Merci de votre intervention et à ce sujet j'aimerais bien une petite mise au point. Mon rôle, mon investissement est juste pour satisfaire Toutes les personnes. Les implications multiples pour y parvenir sont Mon Choix. Et quand je ressens des Tensions de certaines personnes (regard glissé sur le Pas d'Accord) je dis ce que je pense et ben je me fais un plaisir de faire et dire ce que je pense. Et d'autre part j'ai réfléchi et il est et sera possible de créer une deuxième reprise nocturne, j'ai choisi une soirée, bien placée pour préparer un bon week-end, le Vendredi soir. Voilà ce que j'avais à dire.

Silence dans la salle, avec l'impression d'assister à la digestion des mots prononcés en amont …

- Bien, nous allons passer au vote. En premier pour le côté financier, je demande une majoration de chaque cavalier à donner de la main à la main en début de la reprise. Je propose cinq francs par personne. Qui est pour ? (Toutes les mains se sont levées dans un ensemble parfait !) Bien, secrétaire prenez note sur le rapport. Pour la deuxième proposition de faire une autre reprise nocturne qui est pour ? Et à ma surprise exactement le même scénario !!! Eh bien voilà qui est fait, c'est bien. Mon cher Gandalf le Blanc je note sur notre rapport ma pensée, un remerciement sincère de ma part. MERCI.

Tous mes plans posés avec douceur, légèreté et surtout avec une étude précise de ma part avant de les mettre en action, tout glisse tranquillement, la place du mono est la clé de voûte du centre, et la moindre faute est justiciable, je me fais un devoir d'y veiller comme on surveille le lait sur le feu ! Les implications sont prenantes et dans la vie de tous les jours je joue avec toutes ces facettes, c'est divinement intéressant, les rôles font partie de la règle du jeu, et quand ce sera au grand jour les résultats seront présents.

Ce jour est proche, je vais présenter des cavaliers à un examen important, il sera au sein d'un Haras, avec à sa tête un D.T.N. (Directeur Technique National) et j'entends ce qu'il dit à son entourage :

- Là vous allez voir des cavaliers Prêts pour l'examen !

- Vous le connaissez ?

- Oh que Oui... Vous allez bien voir ... Surtout ouvrez vos yeux et oreilles, tout est important ...

Mes élèves partent confiants, c'est une clef essentielle et tout va se dérouler comme il se doit !

Juste une petite image de la construction de mon travail !

Gandalf le Blanc tous les soirs, après une journée bien remplie fait son compte rendu de la journée : ce passage est un régal, le si j'avais su j'aurais pu faire autrement, et ainsi de suite, cet examen de conscience je le tiens depuis la nuit des temps et je l'aime bien et il ne me quitte pas. Et avant de fermer les yeux je fais défiler le Demain ...

Effectivement cet examen est important, il ne sera passé pas avant trois et plutôt quatre ans avec une équitation poussée, énormément de mise en selle, des cours d'hypologie, et la préparation psychologique bien posée. La finalité permettra aux cavaliers d'accéder aux Concours Nationaux !!!

Le cent pour cent est atteint ...

De pouvoir Lire dans l'intérieur de tout ce qui est vivant est un avantage qui m'encourage à toujours aller un peu plus loin, rechercher plus, et ce petit truc est pour moi une gageure cool !

La première fois c'est arrivé au cours d'une reprise, une des toutes premières, et chevaux et cavaliers attentifs à et avec ce nouveau moniteur, la concentration est présente, mes yeux sont presque différents, j'ai comme l'impression de voir à l'intérieur, et JE RESSENS TOUT CE QUE RESSENTENT LES CAVALIERS !

Tant et si bien que je demande, conseille au top moment l'action à faire, ce ne sera pas dans une demie heure, mais tout de suite, à leur grande surprise les cavaliers font cette action exactement comme demandée ! Et obtiennent le résultat attendu. Surpris …

Je considère cet atout comme une pièce essentielle et j'apprends à m'en servir, au début c'est comme ça, et tout au cours de l'avancement je continue, j'augmente, et un mot se glisse dans mon cerveau : « TELEPATHIE » Le mot est juste.

Ma manière de communiquer avec tout ce qui est vivant me comble de joie, exemple :

Je travaille avec un nouveau cheval venant juste de l'extérieur, je le prépare, pansage, contact important : nous sommes tous deux les pieds au sol, je lui parle, et il me sent, puis les harnachements, je continue à parler, (important) et nous sortons, une grande carrière (espace extérieur de grande dimension) je re-sangle (fixation de la selle) je monte, et j'attends, je suis dessus avec mes jambes je sens, mes mains sont posées sur mes cuisses, et j'attends, je rentre en communication, (plaisir !) et ne demande toujours rien, je vois ses oreilles bouger, de l'air de dire :

- T'attends quoi ?

- Juste que tu bouges.

- Mais ce n'est pas comme ça qu'on fait !

- Moi c'est comme ça ! J'ai le temps de mieux te connaître.

Et c'est parti, il marche, mes mains sont toujours à la même place, (je pense à sa surprise) mes jambes sont justes au contact (touchent les flancs) et petit à petit je prends un contact un peu plus appuyé déjà avec mes jambes, puis je prends les rênes et moment agréable je suis en contact avec sa bouche, quelle douceur, très agréable, et nous commençons vraiment notre mariage !

Je descends à terre et je vois deux personnes appuyées sur la barrière de la carrière, et :

- Bonjour Monsieur. Mais comment faites-vous avec les chevaux ?

- Je fais comme avec vous. (Regard chargé de surprise)

- Vous êtes le nouveau moniteur ?

- Oui depuis presque six mois ! Laissez- moi travailler s'il vous plaît.

Et je reprends, tranquillement le mariage est maintenant parfait, ce cheval et moi-même nous jouissons de cet état, et à un moment bien choisi surtout senti je lui demande juste deux pas d'appuyer et de droite à gauche Il me le donne comme un Cadeau …

Aussitôt, je demande un arrêt, pied à terre, selle retirée, filet tout pareil et liberté totale …

Il me regarde de manière interrogative et je l'invective clairement :

- Allez va, cours, galope, récompense, tu as été merveilleux !!!

Les deux sont toujours là, ils ont comme l'impression de vivre un rêve, d'être dans une autre dimension, et timidement se rapprochent de Gandalf le Blanc, avec humilité.

- Mais qui êtes-vous ?

- Gandalf le Blanc.

- …… Silence.

- D'où venez-vous ?

- Vous êtes bien curieux, et j'aime ça. Tout ce que vous avez vu ce matin (vous avez de la chance, car je ne monte que le ma- in de très bonne heure !) je vais vous demander un travail, vous aller repasser dans votre tête ce que vous avez compris, analyser, et vous poserez tout cela sur un papier. J'ai le temps, prenez le vôtre, moi je ne suis pas pressé, nous commencerons si vous le voulez bien un travail de reformulation, ça vous fera évoluer dans votre vie, car il n'y a pas que les animaux, il y a NOUS et tout ce qui est vivant, c'est la CLEF, et le jour où elle sera à vous, là vous serez prêt. Allez et bonne et belle journée à vous.

- Non je n'ai pas besoin de vos noms, ni d'où vous venez, je connais votre cerveau maintenant !

Je ne vous dis pas, les mecs sortent le pas complètement modifié, ils sont bien côtes à côtes et sans rien dire, je les écoute :

- Nous sommes tombés sur un magicien, tu as vu comment il parle aux chevaux, à nous, et c'est incroyable. Va me dire pourquoi ce matin nous sommes venus ? Ce n'était pas prévu.

- Mais c'est moi qui vous ai appelés. (Là ils ne comprennent pas qui leur a parlé)

- Tu m'as parlé ? (En regardant son copain)

- Mais non, ce n'est pas moi …

- Mais c'est encore incroyable, il est là, nous entend et en plus nous répond ! (Donc serions-nous télépathes ?)

- Mais bien sûr, vous en doutiez ? Maintenant vous savez, votre porte est en train de s'ouvrir, à très bientôt de vos nouvelles.

Et voilà le genre de situation où je suis bien, mais c'est très rare quand je le fais, mais Ils en avaient besoin, donc je leur ai rendu service …

Le chemin continue, mon emploi du temps aussi avec tout ce que j'ai prévu, je vais en faire un Jeu (comme mon deuxième livre : « LE JEU DE GUILLEN ») les règles seront simples, limpides comme l'eau des rivières maintenant elles sont claires et mes feuilles de papier si chères (je m'en sers souvent) comme un plan, et c'est parti pour un cycle de vie extraordinaire. Je vous souhaite mes chers lecteurs un nouveau et beau voyage …

* * *

13

Dimension, non je n'ai pas dit des missions, et le bal est ouvert. L'orchestre est en place, ils chauffent leurs cordes dans une cacophonie désordonnée, et déjà quelques spectateurs pointent le bout de leur nez, et les hennissements arrivent à couvrir tous ces bruits : je ne sais si vous le savez, mais les chevaux adorent la musique, j'ai installé dans le manège une sono certes modeste et en fonction des chevaux, de l'apprentissage, je choisis la bonne musique !

À ce titre je détendais un selle-français de sept ans et dans le fond du manège, piste à main gauche, il m'a offert le plus beau cadeau possible : il Danse « PASSAGE » (danse sur place) …

Cette sensation me comble de joie, et je le remercie du fond de mon cœur. Avec cette découverte, je vais tourner un peu les pages de son lui intérieur, et les millimètres vont être une consécration pour notre nouveau couple !

Je sors, nous sortons en extérieur, là les choses ne sont plus du tout pareilles, cette liberté touche nos neurones, et libère tout ce dont on peut être capable, c'est de la pure folie, dans une forêt de peupliers tous les enchaînements jouent le plaisir de Donner, les rênes sont juste tendues sur une bouche toute en souplesse, le moteur de cette Ferrari ronfle d'énergie, et nos deux êtres sont en osmose complète ...

Une ligne droite, serait-elle celle de notre avenir, certes oui, ce chemin juste recouvert de son tapis vert, il est souple, il sent bon, nous sommes au nirvana, je fais un nœud avec les rênes, je me mets en suspension (position du haut du corps penché en avant) je prends avec mes mains une bonne poignée de son crin si soyeux et c'est parti.

Il me montre ce galop sortant de l'ordinaire, joue avec son encolure de droite à gauche et l'inverse, à grande vitesse un plongeon (du cou !) aurait bien failli me faire tomber, mais non, je suis resté ! Les coups de culs hauts et puissants, le jeu partagé est resté imprégné dans ma mémoire, ce fut le Plus !

Gandalf le Blanc a reçu une demande :

- Pourquoi tu ne l'inscris pas pour le concours de Dressage à l'ECOLE MILITAIRE DE PARIS ?

Je réfléchis, de plus en plus et regarde la reprise de dressage qui me semble appropriée, et je lui montre, vraiment de surprise en surprise, en un mois Il Sait !

Je prends La décision, je vais voir mon cher président du club et je lui raconte, son écoute attentive est bonne, et :

- Comment tu vas y aller ?

- J'ai pensé … Éventuellement pourrais-tu me prêter ton HY, je payerai l'essence, et les frais, j'ai déjà préparé une enveloppe.

- Mais le Bureau ?

- Pourras-tu les convaincre ? Je vous montrerais à vous tous comment « DECA » est (tu seras surpris).

Silence, réflexion, attente, et :

- Pourquoi pas …

- Viens voir, je vais te montrer !

En une petite demi-heure ce fut une apothéose, je glissais mes yeux pour lire, ils buvaient, ils rêvaient de pouvoir un jour faire pareil, nous étions tous trois en une seule personne, une seule énergie du partage, de la libération complète, le RÊVE quoi !

- Bien demain tu viens de bonne heure, disons à huit heures et tu le montreras.

- ....

- Tu es d'accord ?

- Mais bien sûr, merci Gandalf le Blanc.

Je suis à peu près certain que sa journée (le président) aura été comme si un rêve pouvait se réaliser, et le soir après ses activités professionnelles il a rêvé, le matin son réveil biologique était pas mal en avance, (très beaucoup !) et à sept heures trente il était là.

Moi j'étais à cheval pour régler quelques menus problèmes, depuis toujours à cinq heures je suis à cheval jusqu'à neuf heures, après c'est les reprises ...

- Tu vas le préparer ?

Ce moment est important, la communication, le partage, la prise de contact n'est jamais la même, en fonction de La journée, de la Lune, de sa place, qui n'est Jamais pareille.

Ce jour-là je n'ai monté que trois chevaux, et en restant juste au milieu du manège, je guide la détente phase très importante, ce nouveau couple sent ce qu'ils seront capables de vivre ensemble !

Et c'est parti pour un festival, DECA comprend et donne tout son cœur, pour la première fois je vois, je sens, je vis ce moment, extase.

- Maintenant au pas rênes longues, repos.

Tout est écrit.

Je rentre chez moi boire un bon café, et je les rejoins dans les écuries.

- Je n'en reviens pas, pour moi ce moment est gravé. Quel cadeau tu m'as fait …

- Non, que vous avez fait ! As-tu remarqué comment il s'est livré, donné, a dansé juste pour te faire plaisir ! Là c'est un partage complet, pour toi ce fut le Premier, maintenant une nouvelle porte s'est ouverte pour ton plaisir de cavalier, et ton évolution ne fait que commencer.

- Gandalf le Blanc je vais en parler aux Autres !!!

Peu de temps après (j'aime l'attente !)

- Bien, ils aimeraient que tu leur montres ?

- Mais c'est prévu, le week-end le prochain je vais faire une invitation de tout le monde pour tout simplement montrer, le rendez-vous sera dans la carrière de dressage en début d'après-midi. Je me suis déjà organisé.

- Toi, alors …

- Je vais le marquer sur le grand tableau noir.

- Mais comment fais-tu ?

- Tu te souviens quand j'ai trouvé ce cheval, j'ai dit : il est extra, il sait tout faire ; c'est un grand ami qui m'a téléphoné pour me dire de venir le voir, et mon jour de repos j'ai fait trois cents kilomètres (aller et retour) pour le voir. Son proprio est Obligé de le vendre. Une fois que je suis monté, j'ai tout compris … Parfait.

- C'est à ce moment que je vous en ai parlé, et vous savez aujourd'hui.

Moi en minuscule je sens, je suis comme téléguidé par mon sixième sens (bien que) et si je fais, c'est mon truc. Après je construis, je suis devenu patient et déterminé, je n'écoute que ceux que je monte, là est mon secret, il me porte dans ma vie pour favoriser l'harmonie, je n'ai rien à prouver, mais tout à donner ! C'est mon chemin de vie et les résultats sont le fruit de notre complicité !

WEEK-END.

Comparables à un jour de Fête, les voitures et leurs habitants sont évidemment en avance, les autres des clubs avoisinants sont là aussi, c'est amusant de sentir cette émulation, et encore une fois j'en fais un Jeu, le Notre !

Ça bouge dans tous les sens, je ressens un drôle de truc : ils comprennent pour certains et pas les autres ils sont comme des badauds, mais l'enjeu, le Quoi.

Pour nous deux c'est comme si je rentrais dans le grand manège de l'ECOLE MILITAIRE DE PARIS !

Silence, attente, et nous rentrons.

DECA a fait une reprise, Sa reprise nous étions tous deux dans un état de Jouissance poussé au maximum. Arrêt. Salut. Relâchement, suivi d'applaudissements avec un S !

J'avais mon billet, sorry Notre sésame pour monter à la Capitale…

Inutile de vous dire que le box réservé, une semaine rien que pour nous deux, un moment inoubliable, j'étais parti avec en plus ma chienne (Minouche !) elle a été complice dans le van avec son copain et l'arrivée dans ce lieu sacré reste un moment extra. Accueil.

Acceptation.

Nous sommes dans le grand manège couvert pour d'une part faire connaissance, et d'autre part pour nous détendre.

Une personne est là, elle regarde, attentivement, commence à bouger et rentre au milieu du manège.

Du coin de mon œil, je prends une belle photographie et je commence à comprendre.

La Personne se rapproche, à côté de notre couple et :

- Bonjour je ne vous connais pas, qui êtes-vous ?

- Je suis Gandalf le Blanc.

- Et votre cheval ?

- Il est assez intéressant …

- Vous venez d'où ?

- Vous avez bien vu sur le dossier des inscriptions, mais vous qui êtes-vous ?

- Je suis le Colonel en CHEF de l'Ecole Militaire de Paris.

- Mes respects, Mon Colonel.

- Votre cheval a de magnifiques allures !

- Et encore vous ne l'avez pas vu appuyer au galop.

- Vous le faites ?

- Je vais vous montrer.

Je suis piste (côté de la marche) à main droite et entrant dans la diagonale au petit galop et hop, hop, toute sa longueur en marchant en crabe ….

- Mais ce cheval, quel en est le propriétaire ?

- Approchez- vous s'il vous plaît, vous ne le répéterez à personne, c'est un de mes chevaux d'instruction pour les cavaliers du deuxième degré.

- Pardon ???? Mes chevaux d'instructions ? Mais Qui êtes-vous ?

- Je suis moi.

Je vous fais grâce de toutes ses questions, mais j'ai marqué son esprit d'homme de cheval.

La remise des prix, avec tout ce beau monde, fut riche en émotions, effectivement des gens de la haute avec des sourires narquois, avec des ronds de jambe devant les personnes intéressées, les quelques billets glissés dans la bonne poche, pour avoir une bonne place, et le tutti quanti, à l'appui !

Pour Déca et Gandalf le Blanc, la révélation pure, simple, vraie, sans mot dire : Sixième place sur les cinquante concurrents. Pour nous deux nous étions dans notre cœur à la première place, car IL avait donné tout de ce qu'il pouvait réaliser.

Je ne vous cache pas, tous les gens du club présents n'ont pas caché leur remerciement du spectacle offert.

Pour une première ce fut réussi. Terminer sixième sur cinquante-quatre avec un cheval de Club équivalait à une première place….

Retour.

Deux cents trois-deux mille vingt va continuer, les esprits accompagnateurs se congratulent pour la suite des évènements.

Comme une tache d'huile tout se précipite, les personnes ayant des animaux malades, des gens dans le même état, viennent de faire un voyage pour rencontrer celui qui fait du bien, et les chevaux avec leurs troubles du caractère lui sont confiés, les quelques (en grand nombre) qui ont été vus par les professionnels ont tout essayé et sans résultats...

- Pouvez-vous voir, s'il vous plaît il gonfle ses poumons et casse la sangle de la selle (véridique) il embarque tout le monde etc.

- Alors vous avez tout essayé et pas trouvé, apprenez à lire vos chevaux, à les comprendre, à les étudier, là vous commencerez à savoir. Vous vous arrêtez à grimper sur leur dos, à les Dresser faux, à (Eduquer !) donc dès le départ vous êtes dans l'erreur ce n'est pas entièrement de votre faute, ça on ne l'apprend pas dans les livres !

Pendant ce temps Gandalf le Blanc allias deux cents trois-deux mille vingt donne des cours, des leçons de vie et cerise sur le gâteau pousse au maximum ses Soins Collectifs avec des perceptions n'arrêtant pas de grandir. IL ne connaît personne, ne vois personne et rentre dans chacun d'eux sans être invasif et règle les problèmes de tous les genres.

Quand il rentre dans ces corps un effet libératoire est instantané, son dédoublement physique est un état agréable, il se trouve à plusieurs mètres des personnes présentes, lui ne bouge pas (ou presque) et arrive à destination sans le moindre effort !

Dans son état de transe, il peut se permettre mille et une choses … Une réputation, sa réputation court comme un cheval au grand galop, rien ne l'arrête, les obstacles sont franchis, les cons et les petits s'éliminent sur son passage, et si un jour ils décident de changer, là ce sera du pur bonheur, ils reviendront sur le bon chemin, c'est gagné !

Pourquoi ces soins collectifs ? Pour simplement avancer ! Le but de Gandalf le Blanc est d'améliorer la Condition Humaine, il n'est pas LE seul, et encore moins il n'est pas seul, leur regroupement d'un pays à l'autre forme une grande boucle, elle ceinture le périmètre de notre planète, et tous télépathiquement nous tentons de réunifier, de faire comprendre le Rôle de l'homme sur terre.

Ce n'est pas une mince affaire, car les ethnies sont différentes, les environnements encore plus du pôle nord aux déserts vous serez bien d'accord avec mes mots, les récepteurs humains sont différents, donc ils ne vivent pas du tout de la même manière, à nous de percer leur for intérieur pour Equilibrer …

J'adore mes guides et mon Papa est toujours présent il me suit tous les jours, je le sens, quand je suis sur les problèmes d'une personne, un animal, IL est Là.

Et m'encourage, là c'est bien, ce toucher est précis, bien placé et efficace.

Je jubile. Mais Qui est-il ? (Titre de l'un de mes livres) Où je vais chercher encore et encore plus loin, plus profond, visionner ce que l'imagerie médicale ne peut pas voir et comme dit une personne qui me connaît bien, une phrase amusante :

- Tes doigts sont des Caméras !

Il est vrai la partie digitale de mes dix doigts est magique, moi le premier je n'en reviens pas, et pourtant les résultats sont là. Un jour une personne m'explique son problème.

Je l'écoute avec toute mon intention, et je réponds en posant mes doigts exactement sur les points que j'appelle les carrefours, et j'agis. En général sur la fin du toucher, le premier résultat répond présent, et pour la suite je suis tranquille en petite moyenne entre trois et cinq ans, et la grande entre sept et treize ans …

Pourquoi ? Parce qu'un jour mes doigts se posent sur une région inconnue, et en faisant sa lecture imagée je m'aperçois que je suis dans le Cerveau !!!

Ce qui veut dire … J'enregistre toutes les modifications qu'elles soient Physiques, Biologiques et Psychologiques dans le cerveau pièce essentielle et dans la complexité de notre corps, je pars tranquille, car c'est enregistré !

Etant considéré comme une personne Complémentaire de la médecine, je suis conscient de mon état de SAGE, du SAVOIR attribué, je suis en toute humilité le porteur de tous ces messages et je m'en sers au maximum dans une grande simplicité.

14

Chevaux, Ânes, Chiens, Chats, Hérissons, Tortues, Perroquets, font partie de mes occupations, le monde véto est content de mon travail, et c'est tant mieux, je suis encore un élément complémentaire, et je gratifie Ma Vie de cet état ….

Je ne les ai pas soignés avec mes mains, mais par contre Ils font une partie intégrante de mon chemin de Vie : Les LOUPS, où que je sois, leurs codes télépathiques font partie de mes Amis, comme dirait la chanson de Monsieur Jacques BREL « Ne me Quitte Pas » et si un jour vous voulez en savoir un peu plus … Lisez mon roman : « MARIE. »

Lecteurs je vous aime …

Je suis un Gandalf le Blanc heureux et si un jour je me promène dans votre région, votre Pays, je serais heureux de vous rencontrer …

Avec toute ma lumière, je vous accompagne avec une grande JOIE ….

À bientôt pour de nouvelles aventures….

Gandalf le Blanc